長編小説

とろり兄嫁

橘 真児

竹書房文庫

目次

※この作品は竹書房文庫のために
書き下ろされたものです。

第一章　義姉の淫らな指

1

故郷へ向かう電車の、車窓から見える眺めが、刻一刻と変化する。都会のコンクリート色が郊外の街並みへ移り、徐々に畑や自然物が増えていった。

すでに十一月も後半で、季節は晩秋。常緑樹以外は葉っぱがほぼ散っており、寂しくなった枝々にかろうじて枯れ葉が引っ掛かっている。

これが春から夏にかけてであれば、緑がもっと鮮やかで、目に眩（まぶ）しいほどであったろう。都会を離れて地方に向かう実感が、いっそう大きかったのではないか。

もっとも、内村義成（うちむらよしなり）は、望んで帰郷するわけではなかった。よって、実感が大きかろうが小さかろうが、あまり関係ない。

実家に帰るのは、三年前に父親が亡くなって以来だった。一周忌の法要すら、仕事が忙しいと理由をつけて出席しなかったのだ。

なのに、こんな中途半端な時期に故郷へ帰るのは、勤め先から有給を消化するよう指導されたのがひとつの理由である。近年の働き方改革の一環で、世のサラリーマンたちは休むことも義務づけられるようになっていた。

また、義成は金融機関に勤めている。例えば使い込みの証拠隠しをできないようにと、不正防止のため連続しての休暇を命じられることは普通にあった。もちろん義成は不正などしていないが、今回は残っていた有給をまとめて取ったため、土日を合わせて一週間の長期休暇となった。

そのタイミングを見計らったみたいに、実家から兄が入院したと連絡があった。ずっと家でゴロゴロしていても妻や子供に疎(うと)まれるだろうと、見舞いがてら帰省を決意したのである。

かくして義成は、車上のひとになっていた。

(遠いな……)

胸の内でつぶやく。午前に出発して、到着は午後の予定だった。

故郷である北関東の小さな町は、東京から直線距離ではそれほど離れてない。だが、主要な鉄道や幹線道路からはずれているため、どんな交通手段を使っても、距離にそぐわない時間がかかってしまうのだ。電車もこのあと二回乗り換えねばならない。

そういう事実も、帰省を億劫にさせた。

実際、義成は上京するまで、東京とのあいだに見えない壁を感じていた。物理的ではなく、心理的な距離が著しかったためだ。

けれど、そんなことは今や大した問題ではない。足が遠のいていた本当の理由は、他にちゃんとあった。

現在三十五歳の義成は、高校を卒業すると故郷を離れ、西東京にある大学へ入った。卒業後もその地を離れることなく、信用組合に就職。実家は農業を営んでいたものの、三つ上の兄が継いでいたため、地元に戻る必要はなかった。

大学時代と、それから就職後も一年ぐらいは、盆と正月ばかりでなく、連休があれば帰郷していた。当時は長旅でも疲れないだけの体力があったし、家に帰ること以外にも目的があったからだ。

結婚したのは、二十四歳のとき。相手は同じ職場の二年先輩で、翌年には長女が誕生した。

現在は2LDKの賃貸マンション住まいだが、いずれは一戸建てを買おうと、結婚退職した妻もパートに出て家計を支えている。三十年ローンを組めばどうにかと、そろそろ夢が現実味を帯びてきた。

東京で持った家庭を第一に考えているため、故郷を二の次にしていると、母親や兄夫婦はそう捉えているようだ。義成自身、その類(たぐ)いの弁明を彼らに告げていた。しかし、それはただの口実だ。家庭第一どころか、特にここ二、三年は、妻や子供に対して疎外感を抱くことすらあった。

今も車内が空いているせいもあり、たったひとりで座席にいる自分が天涯孤独のように思える。もしかしたら結婚生活は幻で、自分はずっと独身なのではないかと、あり得ない心境にすらなりかけた。

とは言え、家族を同行させるのは不可能だ。小学生の娘は学校がある。一週間も子供ひとりで留守番をさせるわけにはいかないから、妻も家に残った。

そういうやむを得ない事情であっても、釈然としないものを拭い去れないのは、妻や娘から蔑(ないがし)ろにされている気がするからか。いや、むしろ、義成自身が、家族と向き合えずにいたのだ。

そもそも結婚したのだって、大恋愛の末に結ばれてではなかった。気がついたらそういう関係になっていたというのが、正直なところである。

もっとも、そうなる原因を作ったのは、他ならぬ義成自身だったのだ。誰を責められるものでもない。

兄が入院したといっても、命に別状のある大病ではない。もともと腰が弱く、今回はぎっくり腰をこじらせたものだから、検査と静養のために大事をとったということだった。

わざわざ見舞いに行くほどのことはないのだが、高校を卒業してすぐ家業の担い手となった兄——幸一（こういち）は、義成が東京の大学に入ると、あれこれ物入りだろうと仕送りを上乗せしてくれた。それに、親の面倒をずっと任せていた負い目もある。

『たまには恩返しをしたらどうなの——』

電話で聞かされた声が、耳に蘇（よみがえ）る。おっとりした口調ながら、責めるように帰郷を促したのは、兄嫁であった。

だからこそ、義成は決意を固めたのである。

「勝手だよな……」

感情が声に出てしまい、焦って周囲を見回す。しかし、声の届く範囲にひとの姿はなく、胸を撫で下ろした。

その思いは、兄嫁に向けられたものであった。

実家に帰りたくない理由のひとつが、彼女の存在であった。いや、それが最も大きな理由であり、義成の胸に巣くうわだかまりの大半を占めていた。

(まったく、ひとの気も知らないで)

胸の内で不平をこぼす。だからと言って、兄嫁を憎んでいるわけではない。憎めるはずがなかった。

電車が向かう先の空を見あげる。小春日和の今日は、遙か向こうまで澄み切った青で彩られていた。

(いい天気だな……)

すべてがこの空みたいに、すっきりと晴れ渡ればいいのに。

車窓の景色が、徐々に懐かしいものへと変わってゆく。それにつれて義成の脳裏には、二十年近い昔の光景が、鮮やかに浮かびあがるのだった——。

あれは高校二年生の、初夏のことだった。

義成が通った高校は、どこかの部に所属することが義務づけられていた。中学では卓球部だったものの、弱小チームだったし、もともと運動は苦手なのである。そのため、自ずと選択対象は文化部になった。

郷土研究部を選んだのは、地元のことを真面目に調べようなんて殊勝な心掛けがあったからではない。活動内容に目立ったものがなく、顧問も厳しくないと聞いた。要はサボりやすいとわかったからである。

そもそも高校の文化部など、一部を除けば幽霊部員の巣窟なのだ。よって、義成も郷土研究部員という肩書きで、帰宅部になる予定であった。

それを覆したのが、一年先輩の浅谷心海だった。

高校生ぐらいの、様々なものに目覚める年頃の少年にとって、年上の女性ほど多大な影響を与える存在はない。まして、魅力的であれば尚のことに。

心海はわずか一学年、一歳違いとは思えないほどに大人びていた。物腰が落ち着いていたからそう感じたのだろう。

また、顔立ちが整っていたのは確かながら、美人だとか美少女だとか、単純な形容で言い表せるものではなかった。大人っぽくても、笑顔には少女らしいあどけなさがあったのだ。

男が女性に求めるすべての要素を、心海は持ち合わせていた。高校に入ったばかりの少年にそう確信させるほどに、あらゆる面で彼女は理想的な存在であった。

そんな心海に惹かれたのは、義成だけではない。このままでは廃部もやむ無しと言われるほど人気のなかった郷土研究部が、彼女の学年だけ男子の部員数が突出していたことからも明らかだ。

そして、そのほとんどが幽霊部員になっていたため、心海が誰にもなびかなかったこともわかった。

義成とて、彼女が好きだったのは確かながら、すぐに親しくなれるなんて甘い考えなど持たなかった。そもそもが帰宅部を望むほどに取り柄がなく、中身も見た目もぱっとしなかったからである。

そんな義成にも、心海は優しかった。というより、彼女は誰に対しても人当たりがよく、みんなから好かれていた。

義成が郷土研究部の活動や会合に一度も休まず出席したのは、心海と少しでも長く時間を過ごしたかったがためである。彼女は根が真面目らしく熱心に活動していたし、学年が違う義成には、一緒に時間を過ごせる手立てが他になかったのだ。

その甲斐あってか、心海は義成に目をかけてくれるようになった。部活動以外でも、たとえば廊下ですれ違ったときなども、気軽に挨拶をしてくれた。

そんなとき、友人らに冷やかされたりすると、義成は気恥ずかしくも、この上ない誇らしさと喜びを感じた。あくまでも部活動の先輩後輩という間柄ながら、身近に素敵な異性がいる幸せな青春時代を送れたのは、心海のおかげである。

残念ながら、三年生になると受験に集中するため、部活は二学期から引退状態となる。よって、高校二年の一学期で、義成の幸福な時間は終了であった。

五月下旬のその日、会合には部長の心海と、他に義成しか出席者がいなかった。だったら野外活動にしましょうと彼女に提案されても、手放しでは喜べなかった。

（心海さんも、二学期には郷土研究部に来なくなるんだよな……）

やるせなさを胸に秘め、ふたりで学校近くの山に登る。かつてこの地方を治めていた武将が、仮の住まいにしていたという建物の遺構があるとのことで、いちおう調査に赴いたのだ。

二十分ほどで山頂近くに到着し、ふもとを見おろす。武将の家居跡に相応しく、付近の町並みが一望できた。

ふたりっきりになるのは初めてだったにもかかわらず、緑眩しい初夏の景色の中で、義成は気分を沈ませた。こんな幸せなひとときも、これが最初で最後なのだと、ひどく感傷的になっていた。

一方、心海は山の風を受けて目を細め、

「あー、気持ちいい」

と、爽やかな笑顔を見せる。遺構を探しに来たはずが、そんなことはすっかり忘れている様子であった。

もしかしたら、ピクニック気分で後輩を誘ったのかもしれない。むしろそのほうが、義成には喜ばしかった。

「浅谷先輩は、どこの大学に進学するんですか?」

前々から知りたかったことを、義成は思いきって訊ねた。

「んー、たぶん県内の国立か、短大になると思うわ」

「そうなんですか?」

「え、どうして?」

「先輩は頭がいいから、東京の有名な大学に行くのかと思ってました」

「あら、ありがと」

照れくさそうな微笑に、胸が締めつけられる。謙遜しないのは、それだけ気を許しているからなのだ。

「でも、わたしは性格がのんびりしているから、都会の生活は無理だと思うわ」

その言葉には、義成も胸の内で同意した。

確かに心海は、この田舎町みたいに、自然が豊かなところで生活するのが似合っている。のんびりというかおっとりしているし、喧騒の中にいたらストレスで押し潰されるに違いない。

（だったら、おれもこっちで進学しようかな）

志望校こそ未定ながら、大学へ進むのなら東京へ行きたいと、義成はぼんやり考えていた。地方の小さな町でずっと暮らすことに、嫌気がさしていたからだ。

けれど、心海がこっちにいるのなら話は別だ。

今は部活の先輩後輩でも、卒業してしまえばそんなことは関係なくなる。彼女のほうが年上であることに変わりはなくても、対等な男と女になれるはずだ。

などと、男女交際の経験などないくせに、希望的な観測を持つ。そうなったらいいなという、ほとんど妄想に近いものであったが。

そもそも、心海に好きだと打ち明けたわけではないのだ。

「ただ、東京に行ってみたい気持ちはあるのよ」

彼女の言葉に、義成は「え？」となった。

「好奇心っていうか、自分の生まれ育ったところだけじゃなくて、もっと広い世界を知りたいとも思うから」

「そうなんですか……」

「でも、自分から行くのは無理だから、たとえば誰かが先に向こうへ行って、わたしに来いよって声をかけてくれたら、案外たやすく決心しちゃうかもね」

「だ、だったら――」

義成は自然と前のめりになった。

「おれが先に東京へ行って、必ず先輩を呼びます」

その台詞(せりふ)が、少しも迷うことなく口から出た。心海への恋慕がかつてなく高まり、今こそという気持ちになっていたのだ。

もっとも、告げるなり激しく後悔し、顔がやたらと熱くなる。これではすべてをすっ飛ばして、いきなりプロポーズをしたにも等しい。

心海が驚いたように目を丸くし、こちらをじっと見る。さすがにあきれたのではないかと泣きたくなったとき、彼女がニッコリと笑ったのだ。

「うん。それじゃ、待ってるわね。義成君が東京に呼んでくれるのを」

ただの社交辞令とは思えない、親愛のこもった口振り。義成は感激のあまり、本当に泣いてしまうところであった。

(ああ、先輩……絶対に、東京へ呼びますから)

これから頑張って勉強しようと、決意を固める。心海のためにも、立派な男になるのだと。

その日、ふたりは日が翳(かげ)るまで、山からの景色を眺め続けた——。

2

高校を卒業した心海は、家から一番近いところにある県立の短大へ入学した。てっきり、県庁所在地にある四年制の国立大学に進むものと思っていたから、義成には意外であった。

ただ、進学先をそこにしたのは、家計を気遣(きづか)ってなのかもしれなかった。

一度、どうして郷土研究部に入ったのか、彼女に訊ねたことがあった。すると、活動に一番お金がかからないからと即答されたのである。そのときは冗談かと思ったのだが、あるいは事実だったのか。

心海と高校は同じでも、住む町は異なっている。義成が知っている彼女は、学校での姿のみだ。プライベートなどまったくわからなかった。

そのため、心海が卒業したあとは、会うことはもちろん、連絡を取ることもなかった。電話番号もメールアドレスも知らないのだから当然だ。人伝(ひとづて)に聞く話のみが、近況を知る唯一の手段だった。

それでも繫がりをしっかり感じていたのは、あの山の上での約束があったからだ。自分が先に故郷を出て、足場を固めてから東京に呼ぶのを、彼女はずっと待っているに違いない。そう信じていた。

東京の大学に進んだ義成は、人間も物も溢れている都会の生活に溺れることなく、勉学に励んだ。帰省すると心海のことを知り合いに訊ね、短大を卒業して就職したことなどを知った。

いよいよ大学四年を迎える春休みに実家へ帰ったとき、義成は出先で偶然、心海と再会した。彼女は女友達と一緒であったが、すぐに気がついて屈託なく声をかけてくれた。顔を合わせるのは高校卒業以来だったが、優しい笑顔は以前のままであった。

東京の大学に入って、就職も向こうでするつもりであることを義成が告げると、心海は感心の面持ちを見せ、

『そっか。頑張ってるんだね』

と、励ますようにうなずいた。

その目に期待の光が宿っているのを感じ、ちゃんと待ってくれているのだと義成は確信した。ただ、彼女の友達がいたから、あの約束のことは話せなかったけれど。

一年後、義成は念願叶って、東京で就職した。仕事を覚え、そろそろかなと思った矢先に、郷里の友人からの電話で驚くべきことを知らされた。

心海が結婚したというのである。

そのときのことは、あとになって振り返っても、ほとんど思い出せなかった。ただ、絶望、悲観、自己嫌悪、羞恥、嫉妬、あらゆる負の感情に苛まれ、その晩は眠りに落ちるまで泣き続けたのは確かである。

立ち直るのにも時間がかかった。何しろ、人生の目的を失ったにも等しかったのだから。

おまけに、それを誰のせいにもできない。心海はきっと待ってくれているのだと、勝手に思い込んでいた自分が悪いのだ。

せめて再会したとき、気持ちをちゃんと伝えていたら、望んでいた結果が得られたのではないか。そんな後悔を何度繰り返したであろう。もしかしたら、そのときに東京に呼ぶと伝えなかったことで、彼女はあきらめたのかもしれないのだから。

落ち込みは仕事にも影響した。普段面倒を見てくれていた女子の先輩から、かなり心配された。彼女は飲みに連れていってくれ、相談にも乗ってくれた。

さすがに心海とのことは、詳しく打ち明けられなかった。部活が同じだっただけの先輩に憧れ、自分ひとりで勝手に舞いあがっていたなんて恥ずかしいことを、女性の同僚に知られたくなかった。

幸いにも、彼女は何があったのか、根掘り葉掘り訊ねることはなかった。失恋して悲しんでいると、簡単に受け止めてくれたようだ。そのあたりは、女性らしい細やかな配慮だったのではないか。

おかげで、義成はいくらか救われる心地がした。その後も何度か親しく接してもらうことで、気持ちも少しずつ癒えたのである。

その先輩女子は、義成より二歳年上であった。短大卒で、職場では四年先輩になる。仕事のことばかりでなく、プライベートでも助けてもらい、ふたりの仲は急接近した。彼女のほうも恋人と一年前に別れたことなどを話し、お互いを知ることで気を許しあう。

彼女――香月佐枝子と男女の関係になったのは、心海の結婚を知った三ヶ月後であった。それまで誰とも付き合ったことのない義成に、佐枝子は女性のすべてを教えてくれた。

深い関係になるまでのあいだ、ふたりのあいだで好きとか愛しているといった、情愛を示す言葉が交わされることはなかった。肉体を繋げたのも、ふたりでかなり飲んだあと、酔ったせいで自然とそういう流れになったのだ。

初体験ゆえ、義成は早々に果ててしまい、翌日こそ気まずかった。けれど、行きずりの関係ではないから、一度セックスしておしまいとはならない。その後も折にふれて求め合った。

職場ではふたりの関係を隠していた。佐枝子のほうが、口外することを拒んだのである。先輩として面倒を見ていたのをいいことに、新人の若い男に手を出したなんて下世話な見方をされたくなかったのであろう。

しかしながら、一年も経てば、付き合っているのではないかと一部の同僚に悟られるまでになる。そんなとき、佐枝子が妊娠した。気をつけていたつもりだったが、何度も交わる中で油断があったのだろう。

義成は彼女との結婚を決意した。

恋愛ではなくセックスから始まった関係ゆえ、義成は結婚後も、夫婦になった実感をなかなか持てずにいた。寿退職した佐枝子との生活は順調ながら、どこかお客様のような意識を拭い去れずにいた。

妊娠後期になると、彼女が実家へ里帰りしたため、ますます距離が隔たった気がした。会うのは週末ぐらいで、独身時代とほとんど変わらぬ生活だったのだ。

それでも、生まれた我が子を抱けば、父親になったのだと自覚せずにはいられなくなる。顔をクシャクシャにして泣き叫ぶ姿にも、愛しさが募った。

ふたりのためにも頑張ろう。義成は決意を新たにした。

三ヶ月後、妻と赤ん坊をつれて、義成は久しぶりに故郷へ帰った。そのとき、驚くべきことを知った。

心海の夫が、先月事故で亡くなっていたのだ――。


（やっと着いた……）

バスを降りてからしばらく歩いたため、暑くもないのに額に汗が滲んでいる。義成はそれを手の甲で拭った。

田園風景の中にある一軒家。実家である内村家の前に佇み、義成は懐かしさばかりでもない、複雑な思いを噛み締めた。

東京ではあまり見ない、昔ながらの日本家屋。広い敷地内には、農家に必要不可欠な納屋や農機具小屋と、他に小さいながら蔵もある。

いくら自分が育った家でも、三年ぶりともなれば敷居が高い。そのため、遠慮がちに玄関の引き戸を開けたのである。

パタパタバタ……。

すぐさま奥から足音が聞こえたものだから、義成はビクッとなった。だいたいの帰る時間は教えていたものの、待ち構えていたのだろうか。

現れたのは兄嫁——心海であった。

「お帰りなさい、義成君」

笑顔で迎えられ、思わずその場に立ち尽くす。高校時代の面影がぴったりと重なって、軽い既視感を覚えたからだ。

しかしながら、彼女はもう三十六歳だ。高校生の頃よりもずっと成長し、あの頃にはなかった色気が感じられる。

とは言え、肌は艶（つや）やかだし、セミロングの髪型も十代のときとほとんど変わっていない。見た目は実年齢よりも若く、誰もが三十そこそこぐらいだと思うであろう。

「……義成君？」

ボーッとしている義弟に、彼女が怪訝（けげん）な面持ちを見せる。

「え？　あ、ああ、ただいま帰りました」

義成は我に返り、反射的にぺこりと頭を下げた。

「なあに？　他人行儀な挨拶して」

心海がクスクス笑いながら、持っていたバッグを奪うように引き取る。気の置けない、自然な振る舞いを前にして、義成はかえって落ち着かなくなった。

（どうして平気でいられるんだろう……）

そんな疑問が胸の中で渦を巻く。あの日、ふたりで山の上から景色を眺めながら、心がしっかり通い合ったと感じたのは、ただの独り(ひと)よがりだったのか。

実際、心海とはずっとすれ違ってきたのだ。いや、すれ違いだと感じているのは自分だけで、彼女は端(はな)っから、こちらをふり返ることすらなかったのではないか。

義成はやるせなさに苛まれて靴を脱いだ。バッグを手に居間へ向かう心海の後ろ姿を眺めて。

ジーンズに包まれたヒップが、ぷりぷりとはずむ。高校時代には意識しなかった女の部分に目を奪われた。

残念ながら、彼女は自分のものではない。人妻なのだ。

しかも、兄の嫁。

どうしてこんなことになったのかと、人生の皮肉を感じずにいられない。時間が経過してもなお、悪い夢としか思えなかった。

居間に入ると、心海が座卓でお茶を淹(い)れていた。その向かいに、義成はのろのろと腰をおろした。

慣れた手つきには、人妻らしい淑やかさが滲み出ている。本当ならこの姿を、自分だけに見せてくれるはずだったのに。

もっともそれは、義成が頭の中で描いていた、身勝手な夢の光景であった。

「はい、お茶」

目の前に湯気の立つ湯飲みが置かれ、義成は反射的に居住まいを正した。

「ど、どうも」

ぎこちなく頭を下げると、心海があきれたふうに眉間のシワを深くした。

「何をかしこまっているの？　自分の家じゃない」

そう言われても、好きだったひとと居間でふたりっきりなのだ。緊張せずにいられない。彼女が手編みふうのニットという、飾らない身なりであっても。

（ひょっとして、ふたりだけで話すのって、高校のとき以来じゃないか？）

初夏のあの日、独りで突っ走った約束をしたときのことが蘇る。二十年近く経っても、自身の愚かさが嫌になる、まさに人生の汚点だ。

そのため、我知らず顔をしかめていたらしい。

「どうしたの、今度は怖い顔して？」

　またも咎(とが)められ、慌てて表情を穏やかなものに変える。けれど、頬がわずかに引き攣(つ)るのを、どうすることもできなかった。

（やっぱり、まだ吹っ切れてないんだな）

　心海が未亡人になったと知ったとき、義成は自らの早まった行動を悔いた。落ち込んで会社の先輩に泣きついたりしなければ、結婚することも子供を持つこともなく、ずっと憧れていた女性を東京に呼ぶことができたのにと。

　しかし、心海の夫が早世するなんて、前もってわかるはずがない。呼べば彼女が来てくれた保証だってないのだ。

　何よりそれは、妻と子供を蔑ろにする考えである。義成は即座に打ち消した。

　家庭を持った以上、いつまでも破れた恋を引きずるべきではない。心海との関係は終わったのだと、自らに言い聞かせた。

　ところが、彼女を思い出すこともなくなった六年前、思いもよらないことが起こる。独身だった三つ上の兄が、三十二歳にして結婚することになったのだ。

　その相手が心海だと聞かされたとき、義成の中に決して拭い去ることのできない、ドロドロした感情が生まれた。それは嫉妬であり、混乱であり、言葉にしようもないわだかまりであった。

そして今、兄嫁となった心海と向き合っている。

(再婚するにしたって、何だって兄貴となんだよ？)

熱いお茶をすすりながら、義成はまたも険しい顔になった。

ひょっとして、心海は自分の気持ちを知っていながら、嫌がらせをしているのではないか。そんなふうに勘繰って、胸の中のドロドロがいっそう粘っこくなる。

兄の幸一も、女遊びなどしない真面目な男で、奥手でもあった。そのため、自分で結婚相手を見つけるなんてできまいと、早いうちから周囲がよさそうな相手を紹介し、見合いの話を持参していたのは知っている。

おそらく、ふたりは誰かの紹介で引き合わされたのであろう。心海も夫を亡くして五年近く経っていたし、そろそろ新しい相手と幸せになりなさいと、周りの人間も再婚を後押ししたのではないか。

思いやりの結果であっても、義成にしてみれば恨み言のひとつもこぼしたくなる仕打ちだ。忘れようと決心した愛しいひとが、兄嫁となって身近に現れたのである。あまりにもむごすぎる。

さすがに結婚式には出席したものの、以来、故郷から足が遠のいた。昔の恋が再燃した上、それがどうにもならない現実に打ちひしがれたからだ。他の男のものになった心海を間近で見るなんて、とても耐えられなかった。

三年前に、古希を前にした父親が病死したときは、妻子をつれて帰郷した。しかし、葬儀後のことは母や兄に任せ、子供の学校や仕事があるからと早々に退散した。

そのとき、心海が不満げな顔を見せたのは、父親が亡くなったのに薄情だと感じたからであろう。けれど、喪服の彼女が兄にぴったりと寄り添っているところなど、見せつけられたくなかった。

今回帰省する気になったのは、入院した幸一のことが気がかりだったのは確かである。好きなひとを奪われても、兄のことは憎めなかった。弟の過去の恋愛を知った上で、結婚したわけではないからだ。

むしろ、義成が心海を好きだったと知ったら、一緒にならなかったであろう。

高校卒業後に幸一が進学しなかったのは、息子をふたりとも大学に入れるだけの金銭的な余裕が家にないとわかっていたからである。だったら、自分よりも勉強のできる弟が進学すればいいと譲ったのだ。加えて、郷里に根づくつもりでもいたから、勉学など必要ないとも考えたようだ。

彼は農協に就職し、兼業で田畑も耕作した。おかげで家の収入が増え、東京に出た義成はアルバイトこそしても、金銭的な苦労をさほどしないで済んだ。

よって、兄は恩人にも等しい。自分のことより、弟を第一にしてくれたのだから。もともと仲がよかったし、入院したのに何もしないでいるのなんて、それこそ薄情である。

もっとも、幸一のほうは義成を気遣い、わざわざ帰ってくることはないと、あとで連絡をよこした。入院したといっても、大したことはないのだからと。

そういう気遣いのできる性格だから、おそらく心海と知り合ったときも、義成と同じ高校で部活の先輩だと知り、だったらと結婚を決意したのではないか。きっと弟とも仲良くやってくれるはずだと。

そんな幸一を心配して帰ってきたのに加え、義成には別の思いもあった。六年も経って、さすがに心海のことは吹っ切れたのではないか。兄嫁として、自然に接することができるはずと、密かに期待したのである。

残念ながら、期待は大外れであった。今も彼女を前にして、胸がずっと高鳴っている。

(やっぱり、忘れるなんて無理だ)

進学も就職も、心海との未来を夢見て決めたのだ。謂わば、人生そのものを賭けたと言っていい。そんな過去を、なかったことになんてできない。

未亡人になどならず、最初に結婚した男と幸せに暮らしているのであれば、ここまで想いを引きずらなかったであろう。つらくても、離れたところから幸福を祈れたはずなのだ。

しかし、身内になられたら話は別である。

近くにいることで恋心がぶり返し、溢れる想いを抑えきれなくなりそうだ。だからと言って、兄嫁に告白できるはずもない。要は生殺しの状態だ。

「あの……母さんは？」

気まずさに耐え切れず訊ねると、心海が「病院よ」と答える。

「幸一さんのところに行ってるわ」

「え、心海さんは？」

「義成君が帰ってくるのに、家を留守にできないでしょ」

にこやかに言われ、嬉しい気持ちと虚しさがごっちゃになる。

(じゃあ、おれのために家に残っていたっていうのか？)

夫より義弟を選んだのか。妙な期待が頭をもたげ、理性がぐらつきそうになる。

「兄さんの具合はどうなの？」

「見た目は元気そのものよ。思うように動けないけどね。でも、今回しっかりと治せば、当分は安心できるんじゃないかしら」

「そっか……」

「ただ、腰を痛めると、精神的につらいって聞くから、ちょっと心配なんだけど。わたしの父もそうだったんだけど、腰の痛みって不安感が大きいんだって」

「そうなの？」

「足を痛めて歩けなくなったり、手が動かせなくなるのよりも、いったいどうなるんだろうって憂鬱（ゆううつ）になるそうよ。やっぱりからだの中心だからかしら」

「……無理させたんじゃないの、兄さんに」

ついポロリと言ってから、しまったと唇を歪める。

そのとき、義成の脳裏には、想像したくもない場面が浮かんでいたのだ。兄と心海が、ひとつ寝床で抱き合っているところが。

幸いなことに、彼女は夜の生活で腰を酷使させたなんて、下卑（げび）た意味合いには受け止めなかった。

「無理なんかさせてないわよ。もうずっと田んぼもやってないんだし。畑だって、腰に負担がかかるような野菜は作ってないわ」

心海が口を尖らせて反論する。そんなことは、義成も知っていた。

父が病気で倒れたあと、田んぼをひとに貸して耕作してもらうことにすると、兄から連絡をもらった。内村家の一員として、同意してもらいたいとも。

働き手が減るわけであり、無理をする必要はない。義成に反対する理由はなかった。その後、県道に近い田んぼを宅地にし、アパートを建てると言われたときも、そのほうがいいと賛成した。

兄は農協勤めを続けていたが、金融担当だから、からだを悪くするほどのハードワークではなかったはず。ただ、もともと腰が弱かったから、坐りっぱなしがよくなかったのかもしれない。

「ウチのことより、義成君のほうはどうなの？」

いきなりの反撃に、心臓がバクンと大きな音を立てる。

「え、な、何が？」

「このみちゃん、四年生よね」

「あ、ああ、うん」

なんだ、子供のことかと、義成は胸を撫で下ろした。

「元気なの？」

「もちろん。学校から帰ると、毎日公園で友達と遊んでるみたいだよ」

「ふうん。でも十歳だし、そろそろ女の子らしくなるころじゃない？」

「まあ、女の子らしくっていうか、生意気なことは言うようになったかな」

「それも成長の証よ」

言ってから、心海が残念そうにため息をつく。

「ていうか、このみちゃんに会いたかったわ。つれてくればよかったのに」

「そうはいかないよ。学校があるんだから」

「それはそうだろうけど」

姪っ子に会いたがるのは、自分たちに子供がいないためなのか。思ったものの、それればかりが理由ではなかったらしい。

「このみちゃん、可愛いわよね。優しくていい子だし、わたしと名前が似ているから、親近感が湧くのよ」

「親近感って、実際に姪なんだから」

「あ、それもそうね」

照れた笑みを浮かべた心海は、胸を締めつけられるほどに愛らしい。反面、娘の名前のことを言われて、義成は落ち着かなくなった。

（まさか、バレてないよな……）

娘の名前をつけたのは義成である。もちろん心海が頭にあって考えたものだが、最初からこれと押し通したわけではなかった。いくつか候補を挙げ、妻や妻の家族に選んでもらった結果、決まったものなのだ。

すべて平仮名だから、心海も偶然似たぐらいにしか思っていまい。そもそも義成がずっと好きだったことも知らないのだから。

「奥さんは？」

「うん。変わらずだけど」

「今も専業主婦なんだっけ？」

「昼間、子供が学校に行っているあいだだけパートに出てるよ」

「そこまでしなくたって、義成君は信用組合だから、お給料はいいんじゃないの？」

「そんなことはないよ。それに、家を買うのにお金を貯めなくちゃいけないから、少しでも家計の足しになるようにってことで」

正直に答えると、心海が感心の面持ちでうなずいた。

「すごいね、東京で家を買うなんて。マンション？」

「ウチのは一戸建てがいいって言ってるんだけど」

「東京の一戸建てって、一億円ぐらいするんでしょ？」

これには、義成はガクッと肩を落とした。

「いや、都心ならそういう家もあるだろうけど、おれたちが住んでいるのは東京の西側だし、建売でそこまで高いのは滅多にないよ」

「そうなの？」

「まあ、こっちと比べたら、土地の値段は段違いだけど。逆に建物は、こっちのほうが柱も太くてしっかりしているから、高いかもしれないよ」

そんな話をするあいだに、ずっと高鳴っていた心臓がおとなしくなる。こんなにいろいろな話をしたのは、彼女が兄と結婚してから初めてであった。

（避けてたから、逆によくなかったのかな）

距離をとったことで、思い詰めてしまったのかもしれない。普通に交流を持っていたら、かえって吹っ切れたのではないか。

「ところで、心海さんたちは子供をつくらないの？」

何気なく訊ね、まずいことを言ったかもと悔やむ。

いくら身内でも、夫婦間のデリケートな問題に口を出すべきではない、などと反省したからではない。子作りとはすなわちセックスであり、余計なことを奨励して、嫉妬がぶり返したからだ。

たとえ、すでに何度も交わっているのだとしても。

「ねえ、ちょっと」

心海が眉間のシワを深くする、プライバシーに踏み込まれて怒ったのかと、義成は首を縮めた。

「あ、うん……ごめん」

「前から気になっていたんだけど、どうして義成君は、わたしのことを『お義姉さん』って呼ばないの？」

不満げな面持ちにきょとんとなる。話題がすり替わったものだから、思考がついていかなかったのだ。

「——ああ、ええと、駄目かな？」

「ダメっていうわけじゃなくて、わたしは名前で呼ばれるよりも、お義姉さんのほうがいいんだけど」

その言葉で、記憶が蘇る。彼女が兄と結婚する前に、身内で顔合わせをしたときのことが。

義理の弟になる後輩に、心海は屈託なく話しかけてくれた。義成はショックが続いていたせいもあり、つい先輩と呼んでしまったのである。

すると、彼女が苦笑しながら言った。

『家族になるんだから、先輩はやめてよ』

そのため、結婚前でもあり、名前で呼ぶことにした。以来、それが続いている。

義姉さんと呼ばないのは、今さら変えるのが気恥ずかしかったからである。それ以上に、心海を兄の嫁であると認めたくない気持ちが根強くあって、名前でしか呼べなかったのだ。

だが、過去の恋を吹っ切れそうな今なら、彼女が望むように呼べるかもしれない。

《義姉さん――》

開きかけた唇から洩れたそれは、声にならなかった。自分の中にある別の存在が押しとどめているみたいに、喉がつかえていた。

（……おれはまだ、心海さんのことが好きなのか）

兄嫁になってもう六年。なのに、今でも心海は先輩であり、大切なひとなのだ。改めて自覚させられる。

「どうしたの？」

怪訝な顔で首をかしげた彼女に、義成は焦りを包み隠して言い繕った。

「まあ、ちゃんと義姉さんらしくなったら、そう呼んであげるよ」

すると、心海が頬をふくらませる。

「あらひどい。わたしのどこがお義姉さんらしくないの？」

説明できなかったので、義成は笑って誤魔化した。内心では、募るばかりの恋心と、それが叶わない現実の狭間で、泣きたくなっていたのだ。

ただ、ひとつだけ引っ掛かったことがある。

（……子供のこと、訊かれたくなかったのかな？）

その点をはぐらかされた気がしてならなかった。

3

今でこそ風邪も滅多に引かないが、義成は子供のころ、頻繁に熱を出していた。それも、意識が朦朧とするほどの高熱を。

最初の頃は、両親もかなり心配したらしい。だが、何度も重なることで、大したことはないと思うようになったようだ。放っておかれることはさすがになかったけれど、医者も呼ばずに水枕や濡れタオルで頭を冷やし、様子を見るだけになった。

そうすると、だいたいひと晩で熱は下がったのである。

成長することで免疫力がついたのか、小学校の中学年ぐらいになると、熱を出すこともなくなった。それ以降は、ずっと健康体であった。

久しぶりに帰省したその日、義成は夕方あたりからからだが怠くなった。疲れが溜まっていたのかと思えば、夕飯の最中に母親が驚きの声をあげた。

「ちょっと義成、顔が真っ赤じゃない」

言われて、顔もからだも妙に熱いことに気がつく。体温を測ると、三十九度近かった。

「子供のときといっしょだわ。急に熱が出て、顔が赤くなるの」

客間として使っている和室に蒲団を敷きながら、母親がどこか懐かしそうに言った。決して喜ぶようなことではなくても、いくつになっても変わらぬ我が子が、親として嬉しかったのかもしれない。

義成のほうは、それどころではなかった。動くことも億劫なほど体力を奪われ、ほとんど倒れ込むみたいに蒲団に横たわったのだ。その前に母と心海から服を脱がされ、寝間着代わりの浴衣を着せられたのであるが、恥ずかしいと思う余裕すらなかった。

(何だってこんなことに……)

病気とは縁がなかった身ゆえ、突発性の難病にでも罹ったのかと、不安が大きくなる。ところが、女性ふたりは呑気なものであった。

「もうずっと熱なんて出してなかったのに。長旅で疲れたのかしら」

「帰ってから、ずっと難しい顔をしてましたから、知恵熱じゃないですか？」

「この子に熱が出るほどのおつむはないわよ」

と、嫁と姑のふたりで、次男坊をネタにする。こっちの気も知らないでと憤慨する義成であったが、言い返す気力もなかった。蒲団に入ってもう一度体温を測ったら、四十度を超えていたのである。

そのため、失神するみたいに眠りに落ちた。

やはり熱があったせいだろう。真夏の砂浜で、波打ち際を目指して歩くのに、逃げ水みたいに遠のいて辿り着けないという夢を見た。

砂に足を取られてうまく歩けず、喉がカラカラになる。海は遠いのに、波の音だけはやけに大きくて、そこらで日光浴をしているひとびとにどのぐらいで海に着くのか訊ねても、まったく声が聞き取れなかった。

不快感がマックスまで上昇し、このままでは倒れてしまうと死を意識したところで、幸いにも目が覚めた。

（……あれ？）

常夜灯に照らされた薄暗い天井を目にしても、まだ夢の続きを見ている気がしたのは、からだが火照っていたからだ。熱はまだ下がっていないらしい。

もっともそれは、厚い掛布団でしっかり包まれていたためもあったのだろう。浴衣が肌に張りつくほど、かなり汗をかいているのがわかった。

これは着替えたほうがいいなと、まだぼんやりする頭で考えたとき、静かな寝息が聞こえた。

（え？）

起きたつもりが、まだ眠っているのかと勘違いしかけたとき、すぐ近くに誰かがいるのだとわかった。

（母さんか？）

息子を看病しながら、寝落ちしたのか。寝息がするほうにそっと顔を向けた義成は、心臓が止まりそうになった。

（え、心海さん!?）

なんと、水枕のすぐ脇に、兄嫁の寝顔があったのである。瞼を閉じた愛らしい面差しを、いきなりアップで見たものだから驚いたのだ。

義成はコクッとナマ唾を飲み、愛しいひとの寝顔に見入った。

（……ずっと看病してくれていたのか）

優しさに心打たれ、胸が熱くなる。額に載った濡れタオルを、何度も取り替えてくれたのだろう。おそらく、つきっきりで。

こういう優しいひとだから好きになったのだと、自らの恋心が正しかったことを誇らずにいられない。

なのに、どうして義理の姉と弟なんていう、もどかしい間柄になってしまったのだろう。運命の残酷さも思い知らされたようであった。

「ん……」

寝息が止まり、心海が小さな声を洩らす。起きるのかとドキッとしたものの、また規則正しい寝息が戻った。

聞こえたのは寝言とも呼べないような、かすかな声だった。けれど、義成は自分の名前を呼ばれた気がしてならなかった。願望が高じてそう聞こえたのだとわかっても、信じたかったのだ。

わずかに開いた唇からこぼれるのは、好きでたまらない女性の飾らない息である。義成は熱が出ていることも忘れて、彼女のほうにそろそろと顔を近づけた。

ふわ――。

ほんのり乳製品っぽい、甘酸っぱさにうっとりする。思わず感嘆の声が出そうになり、口をぐっと閉じた。

（すごくいい匂いだ）

息のかぐわしさばかりでなく、成熟した女体が漂わせる甘い香りも感じられる。見れば、服装もニットにジーンズと、着替えた様子はない。今が何時なのかわからないが、まだ入浴していないのであろう。

だったら今のうちに、からだのあちこちを嗅いでみたい。などと変態じみたことを考えたとき、ふっくらした唇が少しだけ動いた。声が出ることはなく、息の香りが少しだけ濃くなる。

（キスしたい――）

唇を奪いたい衝動に駆られ、さらに顔を近づける。心海の温かな息が、口許にかかるまでに。

（よく眠ってるし、きっとバレないさ）

寝込みを襲うという卑劣な行ないを、咎める気持ちは不思議と湧いてこなかった。高熱のせいで、理性も良心も弱まっていたのかもしれない。

あと三センチ、二センチ、一センチ。ふたりの距離が狭まるにつれ、胸の鼓動が激しくなる。こちらの息がかからないよう、呼吸を止めていたものだから、酸素不足で頭がクラクラしてきた。

さっさと目的を遂げようとしたとき、

「んぅー」

心海がさっきよりも大きく呻（うめ）いたものだから、義成は反射的に頭を元の位置に戻した。瞼を閉じ、眠っているフリをする。

（……起きたかな？）

早鐘を打つ心臓を持て余しながら気配を窺（うかが）っていると、彼女が動くのがわかった。

「やだ、眠っちゃった」

つぶやきが聞こえる。やはり目を覚ましたのだ。これなら早くキスすればよかったと悔やむ気持ちと、下劣なことをしなくてよかったという安堵の両方が胸に湧いた。

額のタオルがはずされる。代わりに柔らかな手がそっと当てられた。

（ああ）

胸の内で感嘆する。気持ちよくて、自然と瞼の裏が熱くなった。

「……熱は下がってないみたいね」

声に続き、再び何かが顔に近づく気配があった。

（え――）

またも額に何かが触れる。手ではない。鼻にも当たるものがあり、温かな風を口許に浴びたことで、心海が額同士をくっつけたのだとわかった。

それこそ、キスをするような体勢で。

思わず唇を突き出しそうになって、義成はかろうじて踏みとどまった。そんなことをすれば起きているとバレるばかりか、確実に嫌われる。

「まだ熱いわ」

確認して、彼女が離れる。もっと密着していたかったものの、そうなったら欲望に抗（あらが）えなかったかもしれない。

（だけど、ここまでしてくれるなんて……）

おでこをくっつけるなんて、親子でなければ夫婦か恋人同士でしかなされないスキンシップだ。それをしてくれたというのは、親愛の情を抱いてくれていることに他ならない。

だったら、今からでも遅くない。ずっと望んでいた関係になれるのではないか。熱に浮かされていたせいもあってか、楽天的な考えが頭をもたげる。

すると、心海が掛布団の中に手を入れてきた。

「う……」

危うく声を洩らしそうになったのは、浴衣の胸元をまさぐられたからだ。柔らかな手指が肌に触れ、くすぐったくも官能的な快さにひたる。

「まあ、すごい汗」

驚きの声に、羞恥がこみ上げる。汗をかいて、からだじゅうがじっとりと濡れているのはわかっていたから、申し訳なさも募った。汗まみれの男など、嫌がられるに決まっている。

「ねえ、義成君」

呼びかけられ、心臓が不穏な高鳴りを示す。起きているのを気づかれたのかと思ったのだ。

しかし、そうではなかったようだ。

「よく眠っているわ……」

つぶやいて、心海がふうとため息をつく。あるいは、起こして着替えさせようとしたのではないか。

もう一度声をかけられたら、そこで目が覚めたフリをしよう。そのつもりでいたせいで、彼女が二度と名前を呼ぶことなく行動したものだから、完全に起きるタイミングを逸してしまった。

「しょうがないわね。このままにしておけないし」

弁明するみたいに独りごちて、掛布団をそっと剝ぐ。熱で火照ったからだに、外気の涼しさが心地よかった。

すると、浴衣の帯をほどかれる。

(え、それじゃ——)

彼女の意図を悟る。汗で濡れた浴衣を着替えさせるつもりなのだ。

シャツは着ておらず、下にはブリーフのみである。前をはだけられれば、ほとんど裸同然だ。

恥ずかしさで頰が火照るのを、義成は懸命に抑えた。顔が赤くなったら、起きていると知られてしまう。まあ、熱のせいだと思ってくれるかもしれないが。

「汗びっしょりじゃない」

声に続いて、ちゃぷちゃぷと水音が聞こえる。何かと様子を窺っていると、胸元にひんやりしたものが当てられた。さっきまで額にのっていたタオルだ。

(汗を拭いてくれるのか)

そこまでしてくれなくてもいいのにと恐縮しつつ、拭いてもらえればすっきりするだろう。何にしろ、ここは身を任せる他ないのだ。

心海は胴体の前面だけでなく、頭を持ちあげて首筋や耳の後ろも清めてくれた。それで終わりかと思えば、義成のからだの下に手を入れて持ちあげ、横臥させたのである。

浴衣を脱がせるためにそうしたのだと、義成は理解した。袖から腕を抜かれるときも力を抜いて、気づかれぬよう協力した。

背中があらわになると、そこも汗を拭われる。冷たさが気持ちよく、また声が洩れそうになった。

腰の裏も清められ、もう終わりかと心残りを覚えたとき、彼女がブリーフにさわった。

「こっちもすごい汗。着替えたほうがいいわね」

そこも汗を吸って湿っているのはわかっていた。ジメジメして不快だったし、心海が去ったあとで取り替えようと考えていたのだ。

(まさか、そこまで脱がせないよな)

ところが、ゴムに指がかけられ、尻のほうから躊躇なく引き下ろされる。義成は焦ったものの、寝たふりをしているから抵抗などできない。あっという間に、爪先から抜き取られてしまった。

（ま、まずいって）

浴衣は片袖が通っているのみで、ほぼすっぽんぽんだ。このまま仰向けにさせられたら、陰部をまともに見られてしまう。

幸いなことに、ペニスは平常状態であった。それに、心海は人妻だ。男のその部分を見ても動揺などしまい。

だとしても、恥ずかしいことに変わりはなかった。

タオルを洗う水音がする。まさかと危ぶんだとき、臀部に冷たいものが当てられた。

（わ――）

声はどうにか抑えたものの、尻の筋肉がキュッと強ばったのは、防ぎようがなかった。

「あら、起きちゃったかしら」

特に焦った様子のない、むしろのほほんとした声が聞こえる。義弟の下着を脱がせ、下半身をまる出しにさせたことを、まったく悪びれていないらしい。

そこで目を覚ましたふうに装えば、辱めから解放されたかもしれない。だが、心海に恥をかかせることになりはしないかとためらったため、またもタイミングを逃してしまった。

そのせいで、尻ミゾにまで濡れタオルを突っ込まれてしまう。

(ああ、そこは……)

どうやらタオルを指に巻きつけ、谷間を丁寧に清めているらしい。肛門までこすられて、妙なものが付着したらどうしようと、義成は居たたまれなかった。

さらにまずいことに、アヌスへの刺激が引き金になったのか、海綿体に血液が集まりだしたのである。

(こら、勃つな)

理性を懸命に奮い立たせるものの、膨張は止まらない。完全に硬化することはなかったものの、ペニスは半勃ち状態までふくらんだ。

これでは起きていることがバレるのではないか。しかし、ここで目が覚めたように振る舞うのも難しい。

どうすることもできぬまま、タオルが尻から離れた。肩に手をかけられ、仰向けにさせられる。

「あら」

驚きを含んだ声に、義成は死にたくなった。牡の股間が変化していると、彼女の目にも明らかだったに違いない。

(おれが起きているって、絶対にわかったよな)

狸寝入りをして奉仕させたと、責められるのではないか。しかし、心海は何も言わず、またタオルを洗う。今度は下腹や太腿を丁寧に清めた。

眠っていると判断してくれたようで、義成は安堵した。ところが、脚を開かされ、太腿の内側まで拭かれたものだから、あやしい快さに落ち着かなくなる。

「むふ」

汗じみた付け根部分もこすられて、太い鼻息がこぼれる。しなやかな指が、ほんの一瞬だけ陰嚢に触れたのだ。

ゾクッとする快さが、牡器官をいっそう猛々しくさせる。心海が急所もタオルで包み込むようにして拭いたものだから、もはや忍耐は役立たずであった。

「え、ウソ」

信じ難いという声を聞くより先に、分身がそそり立ったのを義成は自覚した。限界まで血液を集め、痛いほどにふくらみきっている。

(ああ、こんなのって)

情けなくてたまらない。ずっとそばにいて看病し、汗まで拭いてくれた愛しいひとの前で、欲望をあからさまにしてしまうなんて。己の浅ましさが恨めしい。

それにしても、こんなに激しいエレクトは、久しぶりではないか。

ここ何年かは、夫婦の営みもごくまれだった。溜まった欲望は自らの手で、妻に見つからぬようほとばしらせていた。

よって、焦がれるほどに異性やセックスを欲したことはない。エロチックなものを見聞きすれば勃つぐらいで、ただの生理現象みたいなものだった。

それが、今は十代の頃を想起させるまでに硬くなっている。触れなくても、がっちりと根を張っているのがわかった。

(まったく、心海さんに見られているのに)

いや、見られていることに昂ぶり、勢いづいたのではないか。露出狂じゃあるまいし と、自己嫌悪に苛まれる。

ところが、彼女はまったく気にしていないらしい。

「男のひとって、眠っていても元気なのね」

あきれたふうな独り言で、心海が少しもうろたえていないことが明らかになる。起きていると疑われないのは幸いでも、勃起したペニスを前に平然としているのは、いささかショックであった。

（つまり、見慣れてるってことなんだよな……）

一緒に寝ている夫の股間が隆起したところを、何度も目撃したのではないか。そればかりでなく、彼女自身が愛撫して、挿入可能にしたこともあるのだろう。

三十六歳の成熟した女性であり、二度も結婚しているのだ。夫婦の営みも、数え切れないほどしているはず。

なのに、清らかであることを求めるのは、義成が本気で心海に恋をしている証であった。

清められた玉袋から、タオルがはずされる。それはごく当たり前のように、強ばりきった筒肉を包み込んだ。

「うう」

義成は呻き、陽根を雄々しく脈打たせた。からだの汗を拭かれ、最後の最後でシンボルに行きついたものだから、無意識のうちに焦らされた気分になっていたのかもしれない。

「硬いわ……」

つぶやいて、心海が剛直を磨く。タオル越しでも手指の柔らかさが感じられ、義成は堪えようもなく息をはずませた。

（心海さんがおれのを——）

恋慕に身悶える中で、何度こんな場面を思い描いたであろうか。直に触れられていなくても感動は大きく、快感がいっそう高まる。

しかし、彼女は愛撫を施してくれているわけではなかった。あくまでも汗ばんだからだを清めているだけなのだ。

そのため、一分と続けられることはなく、タオルと一緒に手もはずされてしまう。

（ああ、もっと）

胸の内で望んでも、それは叶わぬ願いでしかない。全裸で勃起させているみっともない姿が、掛布団で覆われてしまった。

そして、額に柔らかな手がのせられる。濡れタオルを使っていた名残か、ひんやりして気持ちよかった。

「熱、ちょっと下がったみたいだわ」

心海が言う。股間が熱くなったぶん、頭のほうが冷えたのだろうか。

「さてと」

小さくこぼした彼女が、立ちあがる気配があった。脱がせた浴衣やブリーフ、それからタオルとたらいを持っていくのだろう。着替えを持って、また来てくれるのであろうが、もうからだを拭いてはもらえまい。

襖の開閉される音がしたあと、義成は薄目を開けた。さっきまで愛しいひとがいたあたりを眺め、無性に泣きたくなる。

（心海さんはただ優しいだけで、おれを好きなわけじゃないんだ……）

怒張しているのも厭わず、ペニスまで清めてくれたのだ。その優しさは、いっそ残酷だった。

満足を遂げることなく放り出された股間の分身は、それはないと不満をあらわに脈を打つ。あきらめてさっさと鎮まれと、疼くそれを握ってたしなめたものの、言うことを聞きそうになかった。

間もなく心海が、新しい下着や寝間着を持ってくるはず。勃ちっぱなしの秘茎を目にしたら、さすがに軽蔑するであろう。

（溜まってるのかって、勘繰られるんじゃないか？）

夫婦の営みが不足していると、疑いをかけられるかもしれない。まあ、事実そうなのであるが。

いや、そこまで品のない想像はしまいと思ったところで、こちらに向かう足音が聞こえた。義成は急いで瞼を閉じた。

襖が開き、誰かが入ってくる。艶っぽい香りがしたから、心海なのだ。

（ああ、もう、どうにでもなれ）

捨て鉢になった直後に、掛け布団が大きくめくられた。

「まあ」

あきれているとわかる声に、義成は身の縮む心地がした。さらに、ため息までつかれてしまう。

（いい年をしてみっともないって、軽蔑してるんだろうな）

性欲の有り余る十代ならいざ知らず、三十五歳といい大人なのだ。もっとも、未だに過去の恋愛を引きずっているのだから、内面は成長していないと言える。

自虐的になったところで、ゾクッとする快美が背すじを走る。何が起こったのか、義成はすぐにわからなかった。

（え、心海さん？）

彼女のしなやかな指が、牡の急所をさすっていたのである。

「だいじょうぶかしら、義成君」

話しかけられたわけではなく、ただの独り言である。義成は、危うく返事をするところであった。

「男のひとって、熱を出すと子供ができなくなるって聞くけど……」

高熱で生殖機能に支障が出たら大変だと、心配しているらしい。仮に子種が死滅したって、ふたり目を作る予定はなかったから、べつにかまわないのであるが。

ただ、心海がそんなことを気にするのは、自分たちに子供がいないのと関係しているのではないか。

嚢袋がやわやわとマッサージされる。あたかも、男の機能を回復させようと試みるみたいに。おかげで、義成は切ないまでの快さにひたった。

（ああ、心海さん）

呼吸が自然とはずむ。愛しいひとを求めるがごとく、雄々しく脈動する肉根は、欲望の先汁を溢れさせているようだ。下腹とのあいだに、粘っこい糸が繫がっている感覚があった。

「こんなに腫れちゃって、苦しそうだわ」

今にもはじけそうに紅潮した亀頭を、彼女はじっと見ているのだ。敏感な粘膜に視線を感じ、そこがいっそう膨張するようだった。

（心海さん、やけに独り言が多いな）

生殺しの愉悦にひたりつつ、今さらそのことに気がつく。己の行動を、自らに弁明しているようでもあった。

いや、ただの照れ隠しなのか。他に誰もいないというのに。

すると、彼女がもう一度つぶやく。

「楽にさせてあげたほうがいいわね」

憐愍を含んだ言葉のあと、陰嚢の手をはずした。

(ひょっとして――)

期待がふくらみ、屹立が呼応してしゃくり上げたとき、筋張った肉胴が握られた。

「むふッ」

義成は太い鼻息をこぼし、腰をガクンとはずませた。大袈裟でなく、快感で目がくらんだのである。

「え？」

心海が驚き、巻きつけた指に力を込める。義弟が起きたのかと焦ったようだ。

義成は喉を突きあげる喘ぎを懸命に抑え、呼吸を落ち着かせるよう試みた。彼女に恥をかかせてはいけないと思ったのだ。

しばらく様子を窺っていた心海が、ふうと息をつく。

「よく眠ってるわ」

これなら大丈夫と安心したか、握り手をゆるゆると動かした。間違いなく、射精に導くつもりなのだ。

(心海さん、おれにこんなことまで――)

極上の悦びにまみれ、義成は感激で胸をふくらませた。

勃起したままでは安眠できないと思ったのか。あるいは、眠っていても欲望をあからさまにする年下の男に、情けをかけたくなったのか。

どちらにせよ、ここまで奉仕してくれるのは、男として好ましい相手と見ているからに違いない。

(ああ、心海さん、心海さん)

心の中で何度も名前を呼び、義成は桃源郷に漂った。愛しいひとにペニスをしごかれ、かつて味わったことのない歓喜に脳が蕩ける。

(最高だ)

声をあげたいほど嬉しかったが、今は眠ったフリを続けるしかない。もどかしいながらも、背徳的な昂ぶりが性感を高めてくれるようだ。

人妻だけあって、心海は慣れていた。余り気味の皮を用いて、適度な刺激を敏感な頭部に与える。

クチュクチュ……。

小さな粘つきが聞こえる。滾々と溢れるカウパー腺液が、上下する包皮に巻き込まれ、泡立っているのだ。

(たまらない……)

すぐにでもほとばしらせたくなる気持ちよさ。このままでは、早々に爆発してしまうだろう。

(いや、まだだ)

少しでも長く甘美なひとときを愉しみたくて、義成は歯を喰い縛った。すると、それを察したかのように、心海がもう一方の手を玉袋に添えたのである。

「こっちも固くなってるわ」

独りごちて、さっきのように優しく揉みほぐす。筒肉もしごき続けており、陰嚢のポンプで子種を吸い出すつもりだったのか。

そのせいで、忍耐がくたくたと弱まる。

(あああ、ま、まずい)

いくら抗っても、無駄な努力にしかならない。足の指が自然と握り込まれ、目の奥にパッパッと快美の火花が散った。

射精を我慢していたのは、快感を長く味わいたかったばかりでなく、次の展開を目論んでいた部分もあった。手だけでは無理なのかと口を使ったり、あるいは心海自身も切なくなって跨がってきたりなどと、密かに期待したのである。

しかし、やはり無いものねだりだったのか。

「すごいわ、カチカチ……元気なのね」

牡器官の逞しさを、心海が悩ましげな口調で称賛する。ナマ唾を呑んだ気がしたのは、気のせいだろうか。

(うう、駄目だ)

限界を迎え、義成は愉悦の流れに身を投じた。脈打ちを著しくする分身が、さらにふくらんだかと思うなり、頭の中に乳白色の雲が広がる。

「ん──ンふっ」

堪えようもなく熱い息がこぼれ、めくるめく瞬間がおとずれた。

(あ、いく)

握られた分身の中心を、熱いものが貫く。それも、かつてない勢いで。

びゅるッ──。

最初の飛沫が放たれるなり、呼吸が止まる。快感のすさまじさを受け止めるのが精一杯で、肉体が他に何もできなくなったらしい。

「キャッ」

小さな悲鳴が聞こえる。それでも、牡の粘っこい体液が次々と飛ぶあいだ、心海は手をリズミカルに動かし続けた。どうすれば男が快いのか、わかっているのだ。

おかげで、義成は悦楽の深淵に沈み込んだ。そこから抜け出せなくなるのではないかと、あまりの気持ちよさに恐怖すら覚えつつ。

それは中学生で精通を迎えて以来、最高のオルガスムスであった。

「ふっ、は――はぁ」

息が荒ぶる。起きているのを悟られようが、どうでもよかった。

なぜなら、最も愛しいひとにペニスを愛撫され、絶頂に至ったのだから。

最後の雫が溢れたあとも、心海は緩やかに筒肉をしごき続けた。射精後の刺激に鈍い痛みを感じながらも、うっとりする余韻は長く続いた。

「……すごく出たわ」

彼女のつぶやきを聞かずとも、多量の樹液がほとばしったのはわかっていた。からだのあちこちに飛んだそれらが、すでに冷え始めていたのだ。

室内に、濃厚な青くささが漂う。

力を失った秘茎から、指がはずされる。あれだけの悦びを与えられたあとにもかかわらず、もっとさわってほしかった。

（もうおしまいなのか……）

やるせなさにも苛まれ、ぐったりして手足をのばす。

タオルを洗う水音がしたあと、肌のあちこちが拭われる。ザーメンを拭き取っているのだ。

「こんなにいっぱい出して」

他でもない、心海がそうさせたのである。なのに、彼女の言葉はどこか他人事のようであった。

最後に、股間も丁寧に清められる。

軟らかくなったペニスを、敏感なくびれまで濡れタオルでこすられ、くすぐったい快さが生じる。再び海綿体に血液が流れ込む感じがあったものの、さすがに勃起するまでには至らなかった。

後始末を終えると、心海がブリーフが穿かせてくれる。義成は寝返りを打つフリを装って協力した。

彼女は新しい浴衣も用意していたけれど、さすがに着せるのは難しいと悟ったのだろう。肌掛け代わりに義成のからだを覆う。掛布団も戻して、手で額の熱を確認した。

「だいぶいいみたいね」

濡れタオルはもう必要ないと判断したようだ。薄目を開けて窺うと、たらいを手に部屋を出ていく。

「おやすみなさい」

小声で告げて、襖を閉める。今夜はもう、戻ってこないだろう。

義成はため息をつき、さっきのひとときを反芻(はんすう)した。

(心海さん、どうしてあそこまでしてくれたんだろう)

いくら考えたところで、義理の弟のペニスをしごき、精液を出させた理由など、本人に訊ねない限りわかるはずがない。いや、そうであってほしいというものなら、ひとつだけあった。

(心海さん、おれのことが好きなんじゃないか?)

それは恋心が高じての願望だった。

射精疲れもあって、義成は間もなく眠りに落ちた。愛しいひとの面影を、胸に抱きながら。

第二章　二十年目の交歓

1

翌朝、熱はすっかり下がっていた。心海の看病のおかげもあったし、子供のころもだいたいこうだったのだ。

（熱っていうのは、体内に入り込んだウイルスや毒素と、からだが闘っている証だって聞くものな）

高熱を出させた原因は、全滅したようだ。いや、もしかしたらと、義成は思うところがあった。

（心海さんがあそこまでしてくれたから……）

射精に導かれたことで、悪いものがすべて出たのではないか。あの直後から、熱が下がったようであるし。

しかし、それでは自身の精子がウイルスか毒素ということになってしまう。義成は浮かんだ推測を打ち消した。

ただ、欲望を放ってすっきりしたから、熱が下がった部分はあるようだ。もちろんそうなることを目論んで、彼女は勃起をしごいたわけではあるまいが。

ならば、なぜあんなことをしたのか。義成は答えを見つけられずにいた。目が覚めたあとも、蒲団の中であれこれ考えていたとき、部屋に心海がやって来た。

「具合はどう？」

訊ねて、脇に膝をつく。義弟の額に手を当てて、にっこりと笑った。

「うん。もう熱はないわね」

昨晩の淫らな奉仕が嘘のように爽やかな笑顔。義成はますます戸惑った。

(おれが起きていたって、気づいてないいんだな)

だとしても、夫の弟に過剰な施しをしたのだ。気づかれていないと思っても、多少は態度に気まずさが現れるものではないのか。

それがないのは、特別な感情がまったくないことを意味する。

(つまり、おれのことが好きってわけじゃないのか……)

義成は落胆し、そのせいで表情が曇ってしまったらしい。

「まだ調子悪いの？　じゃあ、朝ご飯はここへ持ってくるわね」

元気がないのを、本調子ではないためだと思ったらしい。部屋を出ると、おかゆの朝ご飯をお盆に載せて戻ってきた。

「しっかり食べれば、すぐ元気になるわよ」

卵焼きと野菜の浅漬け、具だくさんの味噌汁も添えられていたそれは、心海が用意したものに違いない。母親は、ここまでまめではなかった。

彼女の優しさが嬉しい反面、義成は複雑な思いも噛み締めた。これだけ近くにいても想いが届かないなんて、あまりに残酷すぎる。いっそ冷たくされたほうが、まだ諦めがつくのに。

とは言え、本当に冷たくされたら、二度と立ち直れないほど落ち込むに違いない。

心海の作ってくれたおかゆを味わい、お腹がふくれてからもうひと眠りする。昼前に目覚めたときには、気力体力とも充実していると感じた。

着替えて台所に行くと、昼食の準備をしていた心海が振り返った。

「あら、義成君、だいじょうぶなの？」

心配そうに訊ねた彼女に、義成は笑顔を見せた。

「うん、もうすっかり。心海さんが作ってくれた朝ご飯のおかげだよ」

「だったらよかったわ」

「あと、それから――」

「え？」

「あ、ええと」

昨晩、看病してもらったお礼を言おうとして、義成は思いとどまった。そんなことをしたら、ペニスをしごかれたときに起きていたのを悟られてしまう。昨夜はぐっすり眠っていたことにしなければならないのだ。

「ああ、そうだ。母さんは？」

「農協に行ってるわよ。幸一さんの医療保険のことで相談しに。もうすぐ帰ってくると思うけど」

答えてから、心海が首をかしげる。

「お昼、鍋焼きうどんでよかった？」

「ああ、うん。何でも」

「いちおう消化のいいものにしたんだけど」

気遣ってくれることに、胸が熱くなる。東京の家ではあっさりしたものが食べたいと思っても、子供の希望が優先され、カレーだのハンバーグだのが食卓に並ぶことが多かったのだ。

(まったく、少しは心海さんを見習って、夫を大切にしろよ)

今ここにいない妻に、届くはずもない不平を胸の中で垂れる。

「今日は、兄さんのお見舞いに行くの？」

「ええ、午後に行くつもりだけど」

だったら自分も一緒に行こうかと、義成は考えた。そもそも兄を見舞うために帰省したのである。

(だけど、病み上がりだから無理をするなって、留守番をさせられるかも)

それだと退屈だし、これ以上食事のことで心海に気を遣わせるのも悪い。もう完全に元気だというところを見せたほうがよさそうだ。

母親が帰ってきて、家族三人でお昼ご飯を食べる。義成は熱いうどんを勢いよくすすって、食欲旺盛であることをアピールした。

「もう元気になったみたいだね」

母親が安堵の面持ちを見せる。夫を亡くしたとは言え、まだ六十代だ。彼女のほうこそ、ずっと元気でいてもらわねば困る。

　ともあれ、これなら心海とふたりでお見舞いに行けると思っていたのに、予想もしなかったところを突っ込まれた。

「義成君、髪、切ったら？」

　心海の唐突な勧めに、義成は目をぱちくりさせた。

「え、髪？」

「帰ってきたときから気になってたんだけど、ちょっと伸びすぎじゃない？　信用組合なんて、それこそお客様の信用が第一なんだから、身なりをきちんとしないとまずいんじゃないかしら」

　確かに、このところ忙しくて、床屋に行けてなかったのだ。目にかかりそうな前髪が邪魔っけだし、横は耳も少し隠していた。長髪というほどでなくても、堅い仕事をしている身としては、少々だらしなく映るかもしれない。

「元気になったのなら、床屋に行ってきたら？」

　心海に提案されたばかりか、

「そうだね。せっかく帰ってきたんだから、久しぶりに『橡の木』へ寄るといいよ」

　母親にも言われ、義成は気乗りしないままにうなずいた。どうやら兄の見舞いは、明日以降になりそうだ。

2

昼下がりの県道を、義成はてくてくと歩いた。昨日に続いての小春日和で、日射しは十一月とは思えないほど暖かだ。

刈り取りが終わった道沿いの田んぼは、乾いた土に株が整然と並んでいる。遠くまで見渡せるぶん、やけにもの寂しい印象を受ける。

(昔もこんなふうに感じたんだっけ?)

上京する前は、いずれ心海と暮らすことだけを夢見て、とにかく東京で生活基盤を築かなければと意気込んでいた。故郷の眺めなど、ほとんど気に留めていなかった気がする。

田園風景を目にしながら一キロ近く歩くと景色が変わり、家々が県道沿いに固まっている場所に出る。そこらが町の中心であった。

かつては商店が建ち並んでいたが、今では衣料や酒屋など、ほんの数軒を残すのみになった。十年ぐらい前から、経営者の高齢化もあって、ばたばたと店じまいされていったようだ。

シャッター通りは、国内のあちこちで見られる現象である。いちおう関東の一角ではあっても、ここらも例外ではなかった。

それでも、義成が子供のころから商売を続けているところもある。理容室「椽の木」もそのひとつだ。

通っていた小学校の近くにあるそこで、高校を卒業するまで髪を切っていた。それ以外でも遊びに行ったのは、小、中学校の同級生の家だからだ。

床屋の息子は富田晃（とみたあきら）といい、中学校に入ってからは同じ卓球部ということもあって仲良くなった。店舗兼住宅の富田家を頻繁に訪ね、店にお客がいないときには、そこに置いてある漫画雑誌も読ませてもらった。

高校は別々になったため、晃の家へ遊びに行くことはなくなった。ただ、髪は店で切ってもらったし、たまに顔を合わせると、かつての仲間として話もはずんだ。

上京したあとは、彼との交流はとんとなくなった。一度だけ、帰省したときにばったり会ったことがある。何をしているのか訊ねたら、美容師の勉強をしていると答えた。

そのことを思い出し、義成は（待てよ）と危ぶんだ。

（あいつが美容師になって家を継いで、店も美容院になってるんじゃないか？）

髪を切ってもらうだけなら、理容室も美容院も同じである。だが、義成は顔剃りをしてもらうのが好きだった。東京でも美容院など行かず、近所の床屋に通っていたぐらいだ。

さて、どっちだろうと行ってみれば、店先に赤白青のサインボールが回っている。店の看板も以前のままで、「理容　椽の木」となっていた。

(てことは、親父さんが今もハサミを握っているのかな?)

当時も四十代だったし、年は還暦を過ぎたぐらいであろう。まだまだ現役でやっているに違いない。

店の外観はさすがに古くなっていたものの、懐かしさを覚えるほどには変わっていない。平日の昼間だし空いているだろうと踏んで、義成はドアを開けた。

カランカラン――。

来客を知らせるベルが鳴って、ちょっと驚く。昔はそんなものなかったのだ。

予想どおり、他のお客の姿はない。親父さんもいなかった。

外観と同じく店内も古くなっているものと思えば、意外にも綺麗になっていた。置いてあるものはそれほど変わっていないが、掃除が行き届いている上に小物や花などが飾られ、洒落た感じに模様替えされていた。

そして、ベルの音を聞きつけたか、奥から現れた人物にも目を瞠る。

(え、誰?)

てっきり旧友の父親が出てくると思っていたのに、三十路前後であろう女性だったのだ。

「いらっしゃいませ」

笑顔で言われて戸惑う。白衣姿だから、彼女がここの理容師らしい。

(……てことは、店を他のひとに譲ったのか?)

それとも、晃が嫁を取って、店を任せているのか。で、自分は他で美容師をやっているとか。

そんなことをあれこれ推察していたら、彼女が首をかしげる。訝る目つきで、こちらをじっと見つめてきた。

髪の毛をきっちり結って、広めのおでこを出しているのは、仕事に支障が出ないようにだろう。さらに眼鏡までかけているのに堅苦しい印象がないのは、赤いおしゃれなフレームだからだ。メイクにも隙がなく、頬のチークが若々しさを引き立てる。

そういう魅力的な女性だったから、つい見とれてしまったのである。けれど、逆に見つめられて、義成は狼狽した。

「え、あの――」

怖ず怖ずと声をかければ、急に彼女が表情を輝かせたものだから、また驚く。

「ひょっとして、義成君？」

「え？」

どうして名前を知っているのかと動揺する。ということは知り合いなのか。

(中学か高校の後輩か？)

だが、こんな綺麗な子なら憶えているはずだ。素顔がわからないほどメイクを厚塗りしているか、整形でもしているのならともかく。

義成が突っ立っていると、美人理容師が焦れったげに名乗った。

「憶えてない？　すみれだけど」

「すみれ……」

そんな名前の子は、後輩にはいなかったはず。だが、ここが旧友の家であることを思い出し、「あっ」と声をあげた。

「すみれちゃん――晃の妹の？」

「やっとわかったの？」

あきれた口調で言われて、いや、無茶を言うなよと、心の中で反論する。なぜなら、彼女——富田すみれは三つ年下で、中学も高校も入れ違いだったのだ。

小学校では同じ時間を過ごしたが、義成が六年生のときでも彼女は三年生。交流など無いに等しい。

ちゃんと顔を合わせたのは、中学生になって、ここへ遊びに来たときだ。一緒に遊んだわけではない。兄たちがゲームなどに興じていたとき、彼女は少し離れたところからチラチラと視線をくれていた。仲間に入れてほしそうにしながら。

そのため、兄の友人の顔を憶えていたというのか。

「義成君、けっこう頭がいいのかと思ってたけど、記憶力はそんなでもないのね」

年が三つ違っていても、同郷でしかも兄の友達だから、すみれは遠慮がなかった。いちおうお客なのに、言葉遣いも完全なタメロである。

「ええと、晃は？」

「お兄ちゃんは東京よ。池袋のお店で美容師をやってるの」

「え、そうなんだ」

上京していたとは初耳だ。東京は狭いようでも大勢の人間が住んでいるから、友人と偶然顔を合わせるなんてことはまずない。

「ゆくゆくは自分の店をって考えてるみたいだけど、東京だと難しいみたい。いずれこっちに帰ってくるかもね」

「じゃあ、すみれちゃんがここを継いだの？」

「継いだっていうか、父さんといっしょにやってるのよ。まあ、今日みたいにヒマなときは、任せっきりにさせられることが多いけど」

そう言って、後れ毛をかき上げた左手の薬指に、銀のリングが光っていた。

「すみれちゃん、結婚してるんだね」

「え、どうしてわかったの？」

「だって、指輪」

「ああ」

そういうことかとうなずいたすみれが、得意げに胸を張る。

「だけど、ふたりの子持ちには見えないでしょ？」

「え、ふたりも？」

「小学生の女の子と、保育園の男の子」

どうやら若さと美貌に自信があるらしい。三十二歳のはずだが、確かに子供がふたりもいるようには見えなかった。

「お父さんといっしょに働いてるってことは、お婿さんをもらったの？」

「そうよ。旦那は理容師じゃなくて、普通の勤め人だけど」

そうするとこの店は、いずれ彼女のものになるのか。

「ていうか、義成君も東京なんでしょ」

それほど広くない町だから、誰がどこへ移り住んだのかということも、けっこう知られているのだ。

「ああ、うん」

「こっちで髪を切るのって、久しぶりじゃない？」

「うん。高校を卒業してから初めてかな」

「東京だと、やっぱり美容院？」

「ううん、床屋だよ。美容院だと顔剃りをしてもらえないから」

「なるほどね」

うなずいたすみれが、愉しげに白い歯をこぼす。

「じゃあ、わたしが腕によりをかけて、義成君を格好良くしてあげるわ」

旧友の妹の笑顔に、義成は図らずもときめいてしまった。

(本当に、綺麗になったたな)

記憶にあるのは小学校の高学年までで、まだほんの子供だったのだ。それだけに、女らしく成長した姿が眩しかった。

「じゃ、ここに坐って」

ふたつ並んだ理容椅子のひとつを勧められる。腰掛けるときに昔のままではなく、新調されていることに気がついた。

（すみれちゃんが選んだのかな？）

いずれ自分の店になるのだからと、最新型を備えつけたのではないか。実際、坐り心地はかなりよかった。

大きなケープで上半身をカバーされたあと、霧吹きで髪が湿らされる。すみれはコームで簡単に整えてから、

「どんなふうにする？」

と、希望を訊ねた。

「ええと、全体に短くする感じで」

「バリカンは？」

「襟足（えりあし）だけでいいよ」

「了解」

年齢から考えると、もう十年ぐらいやっているのだろう。相応に場数を踏んでいる

のか、彼女は手際がよかった。

まず、バリカンで首の後ろを刈り上げたあと、髪全体にハサミを入れる。それも、シャキシャキと心地よい音を響かせて。ケープに髪の毛が落ちるたびに、頭が軽くなるようであった。

そうやってカットを粗方済ませてから、シャンプーに移る。ケープを厚手のものに取り替え、頭に緑色の液体をたっぷりかけて泡立てた。

（ああ、気持ちいい）

柔らかな指で頭皮をマッサージされ、義成はうっとりした。

同じことは、東京で行きつけの店でもされる。けれど、そこの主人は五十がらみの親父さんだ。どうせなら美人にしてもらうほうが、嬉しいに決まっている。

「痒いところある？」

「あ、ううん」

「あー、でも、何だかヘンな感じね。わたしが義成君の頭を洗ってあげるようになるなんて」

すみれが懐かしむ口調で言う。地元で床屋をやっていれば、知っている人間の髪を洗うことぐらい、しょっちゅうあるのではないか。

（おかしなことを言うな……）

おそらく、会うこと自体久しぶりだから、感慨を覚えたのだろう。

正面にある鏡の下側が引き出されると、深めのシャンプーボウルになっている。これは昔のままだが、設備は新しいものに替えられているようだ。

「前に出て、頭を下げて」

促されるままボウルの上に身を屈めると、シャワーで泡が流される。その体勢のまま二度目のシャンプーになり、一度目よりも丁寧に髪が洗われた。

気持ちよくてうとうとしかけるのを、義成は懸命に我慢した。このまま寝落ちしたら、陶器のボウルに頭をぶつけてしまう。

二度目の泡も流されて、ふんわりと柔らかなタオルで頭を拭かれる。腰掛ける体勢に戻ると、ドライヤーで乾かされた。

「義成君も結婚してるんだよね？」

「ああ、うん」

「奥さんから髪を洗ってもらうことってあるの？」

「いや……新婚時代に、二、三度あったと思うけど、今はないよ」

「ふうん。じゃあ、誰かに洗ってもらうのは、床屋に行ったときだけ？」

「そうだね。だけど、女性の理容師さんにしてもらうのって、すみれちゃんが初めてだよ」

この発言に、鏡に映った彼女が驚いたように目を丸くしたものだから、義成は戸惑った。

（あれ、何か変なこと言ったかな？）

もっとも、すぐ真顔に戻ったから、べつに深い意味はなかったのだろう。

「ふふ、だったら光栄だわ」

笑顔を見せて、すみれが顔剃り用のシャボンと剃刀（かみそり）を準備する。ケープがはずされ、襟元が薄手のタオルでカバーされた。

最初に首の後ろの、刈り上げたところを剃ってから、彼女は椅子の背もたれを後方へリクライニングさせた。さらに、高さも調節する。

いよいよ顔剃りとなって、義成は椅子の上で尻をもぞつかせた。これは昔からそうで、顔に剃刀を当てられるのを想像するだけで、背中全体がムズムズするのだ。

べつに刃物を怖がっているわけではない。子供の頃はくすぐったがりだったから、顔に触れられるだけで笑いそうになった。そのときの記憶が蘇るからであろう。

しかも、今回は旧友の妹とは言え、美しい人妻からしてもらうのだ。別の意味でも背中がくすぐったくなる。

だからと言って、妙な期待を抱いていたわけではない。

髭のところにシャボンが塗られ、熱めの蒸しタオルが載せられる。その時点で、またも眠気がジワジワと忍び寄ってきた。

（たっぷり眠ったはずなのに）

昨夜は高熱のせいもあってダウンし、今日も朝食後から昼前まで蒲団の中にいたのだ。逆に寝過ぎたせいで、眠くなりやすいのであろうか。

（昨夜、あんなことがあったのとは関係ないよな……）

心海から射精に導かれたことを思い出し、その影響なのかと考える。一度発射しただけだが、これまでの人生で最高のオルガスムスだったのだ。

心地よい疲労にまみれたのは確かながら、それは今の眠気と関係あるまい。そんなことよりも、心海の手の感触や、ザーメンがほとばしったときの狂おしい快感が蘇って、悩ましさがふくれあがった。

（あ、まずい）

ペニスが膨張しそうになり、義成は焦った。今はケープをはずしているため、股間が隆起したら丸わかりである。

どうにか気持ちを落ち着かせようと深呼吸をしたところで、眠気が急速にふくれあがる。ぬるくなった蒸しタオルがはずされ、新しいものを載せられたところで、義成は睡魔に負けてしまった。

3

眠ったといっても、おそらく十数分もウトウトしただけではないのか。夢の世界から引き戻されたとき、義成は頬を剃られていた。

（あ、まだ途中か）

顎のところに、柔らかな指が添えられている。快くもくすぐったくて、背中のムズムズがぶり返した。

ゾリ……ゾリ――。

すみれは丁寧に剃刀を使っている。彼女の父親は、もうちょっと強めに刃を当てていた気がするから、女性らしい気遣いゆえなのだろう。髭が濃い者にはもの足りないかもしれないが、義成にはちょうどよかった。

顔にぬるい風が当たる。ほんのり生々しくて甘ったるいそれが、人妻の吐息であるとすぐにわかった。

(けっこう近いな)

どのぐらい顔を近づけているのかと、義成は薄目を開けた。

(え――)

美貌がアップで視界に飛び込み、心臓が音高く鳴る。焦って目をつぶったものの、鼓動はなかなかおとなしくならなかった。

すみれの顔は、十センチも離れていないところにあったのだ。

(いくらなんでも近すぎないか?)

近視だとしても、ちゃんと眼鏡をかけているのだ。まさか伊達眼鏡ではあるまい。それだけ慎重なのだと思い直し、ここは彼女にすべて任せることにする。まあ、他にどうしようもないのだが。

反対側の頬にもシャボンが塗られ、ジョリジョリと剃られる。その間、義成は瞼を閉じたまま小鼻をふくらませ、すみれの息を嗅いでいた。妙になまめかしくて、そうせずにいられなかったのだ。

こちらが起きていると、どうやら彼女は気がついていないらしい。だからこんなに顔を近づけているのではないか。

そのとき、股間の分身がビクンとしゃくり上げたものだから、大いに焦る。いつの間にか勃起していたのである。

それも、かなり猛々しいエレクトだ。がっちり根を張っているのが、目で確認しなくてもわかった。

(うう、まずい)

頬が熱くなる。ひと眠りしているあいだに、そこまでになったらしい。だとすると、すみれに見られたのではないか。

眠りに落ちる前に、心海のことを思い出したのがまずかったようだ。特にいやらしい夢など見なかったから、あれが影響している可能性がある。

ただ、そんなことまですみれにわかるはずがない。寝起きにある生理現象だと思ってくれればいいのだが。

(もう結婚してるんだし、旦那の朝勃ち(あさだち)だって何度も見てるよな)

それに、同じように眠ってしまった客が、股間をふくらませることだってけっこうあるのではないか。

とにかく、今のうちに小さくしなければならない。何か小難しいことでも考えようとしたところで、義成は違和感を覚えた。

（あれ、変だぞ）

ペニスが勢いづいているのに、ズボンの前が突っ張られる感覚がないのだ。そこに布が被さっているのは確かながら、やけに頼りなくて軽いものが載っているふうなのである。

いったい、何がどうなっているのか。顔剃りの心地よさを堪能する余裕もなく、下半身に意識を集中させる。

そして、どういう状態であるのかが、ようやくわかった。

（おれ、脱がされてるぞ）

正確にはズボンの前を開かれ、ブリーフをずり下げられているのだ。その上で、あらわになった牡器官に、何か布が掛けられているようだ。おそらく、タオルらしきものが。

ここには自分以外にすみれしかいない。彼女の仕業なのは疑いようもなかった。だが、いったいどうして、こんなことをしたのだろう。

彼女の息を嗅いでいるせいもあってますます混乱し、頭がボーッとしてくる。ひょっとして、自分はまだ眠っていて、妙な夢でも見ているのか。

（……ていうか、すみれちゃん、間違いなくおれのを見たんだよな）

あらわにされてから勃起したとは考えにくい。そこが盛りあがっているのを見て脱がせたのだろうし、逞しく反り返るところを目にしたはずだ。

(じゃあ、おれのがどうなっているのか、見たかっただけなのか?)

しかし、夫のいる人妻が、そんな興味本位な行動をとるだろうか。仮にそうだとしても、確認した後でズボンもブリーフも元通りにするはずだ。

それとも、股間が窮屈そうだったから楽にしてあげたとでも言うのか。

頬を剃り終えたすみれが、顎にシャボンを塗る。無意識に首を反らして協力したことで、起きているとバレてしまった。

「あら、目が覚めたのね」

少しも悪びれた様子がないものだから、義成は驚いた。牡のシンボルをまる出しにさせたことを、彼女は何とも思っていないようだ。

実際、瞼を開くと、すぐ前に平然とした面持ちがあった。

(え、どういうことだ)

つまり、自分がした痴女まがいの行ないを、知られてもかまわないわけである。

混乱する義成にはおかまいなく、旧友の妹は黙々と作業を進める。己のするべきこと以外には、少しも意識が向いていないふうだ。もちろん、刃物を使っているのだから、集中してもらわなくては困るのだけれど。

ただ、義成のほうは気になって、つい声をかけてしまった。

「あの、すみれちゃん――」

「黙ってて」

剃刀を手にした彼女に叱られて、口をつぐむ。顎に指が添えられ、首を下から上へと剃られた。

(終わるまで待つしかないな……)

諦めて顔剃りの心地よさにひたる。ふと気がつけば、分身が萎えていた。義成は安堵したものの、まる出しのそこにタオルを掛けられているだけの、頼りない状態であることに変わりはない。

(だけど、どうするつもりなんだ?)

こんなことをして、いったいどんな弁明をするつもりなのか。逆に愉しみになってくる。

顔剃りを終えた彼女が、シャボンと剃刀を片付ける。その隙に頭をもたげて下半身を確認すれば、思ったとおり、股間にはタオルが一枚掛けられていた。さっきまでテントを作っていたはずだが、今はなだらかな台地である。

すみれが戻ってくる。相変わらず平然としていた。

「耳かき、するでしょ？」

「ああ、うん」

うなずくと、彼女が企むような笑みを浮かべた。

「でも、その前に、べつのところもかいてもらいたいんじゃない？」

言うなり、股間のタオルがパッと取り去られたのである。

「あっ」

陰毛の上に横たわる、縮こまった秘茎があらわになる。義成は慌てて手で隠そうとしたものの、それより早く、人妻の手が無造作に握り込んだ。

「うああ」

ムズムズする快さがふくれあがり、海綿体に血液が舞い戻る。揉むようにしごかれたせいで、そこはたちまち雄々しくそそり立った。

「すごい。また勃っちゃった」

自分がそうさせておきながら、すみれがあきれたようにつぶやく。ふくらみきったものの根元を強く握り、亀頭をいっそう紅潮させた。

「ちょ、ちょっと、すみれちゃん」

義成は腰をよじり、快美に震える声で呼びかけた。それに答えるでもなく、

「義成君のここ、さっきもギンギンだったのよ」

彼女は意味ありげに目を細めた。

「ど、どうして脱がせたんだよ？」

今さらでしかない質問をぶつけても、すみれはまったく怯まなかった。

「だって、ズボンの前が破けそうに大きくなってて、苦しそうだったんだもの」

さっき、義成がちらっと考えた理由を口にする。

「いや、だからって——」

「それに、これでおあいこだからね」

「え、おあいこ？」

いったい何を言っているのか、さっぱりわからない。すると、彼女が焦れったげに屹立をしごいた。

「あ、ああっ」

義成はたまらず喘ぎ、リクライニングされた状態のまま、尻をガクガクと上下させた。少しも技巧的な愛撫ではなく、むしろ乱暴に扱われたのに、目がくらむほど感じてしまったのだ。

「義成君だって、わたしのを断りもなく見たじゃない」

責められても、そんな覚えはまったくなかった。

「い、いつの話だよ？」

「わたしが六年生のときよ。義成君、中三だったよね」

その言葉で、記憶の箱を縛っていた紐が、はらりと解かれる。ずっと忘れていた、いや、忘れていたことにしていたあの日が、目の前にありありと蘇った――。


あれは中学三年の秋。今と同じく冬を前にした、晩秋の頃ではなかったか。

その日は休日で、たまには受験勉強の息抜きをしようと、義成は富田家を訪れた。居間のテレビで、晃とゲームに興じたのである。

二時間ほど過ぎたところで、晃が親から使いを頼まれて中座した。義成はしばらくひとりでゲームをしていたものの、程なく飽きてしまった。

まあまあ遊んだし、もしも晃が戻るまで時間がかかるようなら、そろそろ失礼しようか。そう思って何気に振り返った義成は、胸を高鳴らせた。

居間は八畳ほどの和室で、壁際のテレビの他には、中央に大きな座卓が置いてある。それを背にして、ふたりは遊んでいたのだ。

その座卓の陰に、友人の妹――すみれが横になっていたのである。

さっきまで、兄たちがゲームをするのを羨ましそうに眺めていたはずだが、飽きて寝落ちしたのか。室内がヒーターでかなり暖かだったのも、眠気を誘ったのかもしれない。

小学六年生の少女は、ミニスカートを穿いていた。からだを丸めるようにして、畳の上で横臥していたものだから、スカートのおしりのほうがめくれて、下着が見えていたのだ。

三つも年下で、しかも友人の妹ということもあり、すみれのことを異性として意識したことはなかった。一緒に遊びたそうにしているのも邪魔くさくて、むしろ邪険に扱っていたのである。

ところが、くりんと丸いヒップをあからさまにした姿に、義成は瞬時に目を奪われてしまった。ゲームのコントローラーを置いて、彼女のほうにそろそろと膝を進めたほどに。

まだ十二歳の幼い少女でも、性的な欲望が著しい中学生の少年にとって、未発達の下半身は充分に女のそれであった。生白い太腿の、スベスベして柔らかそうな裏側部分にも、コクッとナマ唾を呑む。自慰を覚えて二年近く経つペニスが、たちまちふくらんできた。

　スースーと規則正しい寝息が聞こえ、すみれがよく眠っているのだと義成は理解した。それをいいことに、スカートの後ろ側をさらにめくり、純白の布が包むおしり全体をあらわにした。

　彼女が穿いていたパンティは、いかにも子供っぽい厚手のものではなかった。秘められたところは布が二重になっているのか、しっかりとガードされていたものの、臀部に張りつく部分はかなり薄かったのである。

　おしりの割れ目がうっすらと透けて見えたものだから、義成はますますたまらなくなった。小学生のくせに、なんてマセた下着を穿いているのかと胸の内でなじりつつ、性器を限界まで硬くした。

　股間の高まりをズボン越しに握り、悶々としながら身を屈める。思春期の少年にとってはまさに秘密の花園である、陰部に接近した。

　できれば下着も脱がせて、そこがどうなっているのか観察したかった。けれど、彼女を起こさずにそこまでできる自信はない。

　義成は見えないとわかっていながら、ひたすら目を凝らすだけであった。そのとき、廊下から足音がした。

義成は急いですみれのそばから離れた。ゲームのコントローラーを摑み、点けっぱなしのテレビ画面に向かったところで引き戸が開く。

「ああ、義成君。晃だけど、帰るまで時間がかかるみたい」

振り返るまでもなく、友人の母親だとわかった。心臓がバクバクと高鳴っていたが、義成は何でもないフリを装った。

「ああ、だったら僕は帰ります」

すぐにゲームを終了させ、帰り支度をする。そのとき、視界の端にパンティをまる出しにしたすみれが入り、焦って顔を背けた。

「あらあらすみれってば、こんな格好で――」

その声を背中に聞きながら、義成はそそくさと退散したのだ。

4

(――じゃあ、あのとき、すみれちゃんは起きてたのか)

目の前にいる旧友の妹が、意味ありげな笑みを浮かべている。確認するまでもなく、それだけで明らかだった。

「だ、だけど、おれはすみれちゃんの下着を脱がさなかったはずだけど」

いちおうカマをかけると、彼女が不服そうに口を尖らせる。

「でも、パンツをまじまじと見てたじゃない。おまけに顔をすっごく近づけて、至近距離で」

そこまで知られてしまっては、しらを切ることなどできなかった。

「アソコに義成君の鼻息がかかるのが、わかるぐらいだったんだからね」

あからさまなことを言われて、顔が熱く火照る。

「いや、あの——ご、ごめん」

観念して謝ったことで、事実だと認めることになる。すると、すみれは機嫌を直したみたいに白い歯をこぼした。

「まあ、わたしも義成君に見られて、昂奮してたんだけど」

予想もしなかった告白に、義成は耳を疑った。

「え、昂奮って?」

「自分でもどうしてだかわからなかったんだけど、義成君に見られてるって思ったら胸がドキドキして、アソコが熱くなってきたの」

ここまで大胆に打ち明けられるのは、年月が経って大人になったからなのか。勃起したペニスを握られていることもあって、義成はおかしな気分になってきた。

「わたし、あの日初めて濡れたのよ」

淫蕩な笑みにも軽い目眩を覚える。濡れるの意味は訊ねるまでもなかったものの、小学生でそんなことがあり得るのか疑問だった。けれど、本人がそう言うのだから信じるしかない。

「つまり、義成君が見たんだから、わたしも見る権利があるってこと」

そんなふうに言われたものだから、ズボンとブリーフを完全に脱がされ、奪い取られても抵抗ができなかった。

「ふふ。ビンビン」

改めて膨張した肉根に巻きついた指が、ゆるゆると上下する。悦びが増大し、義成はまた腰をよじった。

(だからって、こんなの不公平だよ)

こっちはスカートをめくって、下着を見ただけなのだ。なのに、すみれは牡の下半身をあらわにしたばかりか、触れているのである。

とは言え、いたいけな少女に破廉恥なことをした負い目がある。いくら少年時代のことであっても、彼女に辱めを与えたのは事実なのだ。やりすぎだと咎めるのはためられた。

（いや、待てよ）

自分ばかりが責められる問題ではないのだと、不意に気がつく。

「つまりすみれちゃんは、あのとき寝たふりをしてたってことだよね？」

「寝たふりっていうか、義成君の気配を感じて起きたのよ」

弁明したすみれが気まずげに目を伏せたのを、義成は見逃さなかった。途中で気がついたのではなく、最初から起きていたらしい。

（てことは、わざとパンツを見せておれを誘ったのかも）

いや、きっとそうに違いないと確信したとき、彼女が観念したふうにため息をついた。そして、問われずとも白状したのである。

「ウソよ。最初から起きてたの。パンツが見えるようにして寝てたら、義成君がちょっかいを出してくるかと思って。まさか、スカートをめくられたり、あんなに顔を近づけられたりするとは思わなかったけど」

「だけど、どうしてそんなことを？」

「わからないの？」

鈍いのねというあきれ顔を見せられ、落ち着かなくなる。ひょっとして自分のことが好きだったのかと思えば、そういうわけでもなかったらしい。

「わたしは義成君やお兄ちゃんといっしょに遊びたかったのに、全然相手をしてくれなかったじゃない。だから、どうすれば振り向いてくれるのかなって、コドモながらに一所懸命考えたのよ」

　みそっかすにされたのが悔しくて、大胆な方法で年上の少年を味方につけようとしたようだ。それで昂奮して秘部まで濡らしたのだから、かなりマセた少女だったわけである。あんな色っぽいパンティを穿いていたのもうなずける。

「なのに、あの日から義成君は、ウチへ遊びに来てくれなくなったじゃない。パンツを見せたせいで嫌われちゃったのかなって、しばらく落ち込んでたのよ。」

「そ、そんなことないよ！」

　上半身を起こさんばかりの勢いで否定すると、すみれが驚いたように目を丸くする。

「おれがここへ来なくなったのは、すみれちゃんと顔を合わせるのが気まずかったからだよ。あんなことをした自分も許せなかったし、謝るべきだったんだろうけど、すみれちゃんは眠ってたと思ってたから、それもできなかったし……だから、全面的におれが悪いんだ。ごめん」

　もう一度謝るなり、彼女が嬉しそうに「やっぱりね」と言ったものだから、義成は混乱した。

「え、やっぱりって？」

「たぶん、そんなことじゃないかなって思ってたの。義成君、あれでけっこう真面目だったし。だからわざとパンツを見せて、からかいたくなったの」

すべて見抜かれていたとわかって、力が抜ける。あのあと、罪悪感と自己嫌悪から落ち込んで、しばらくは受験勉強も手につかないぐらいだったというのに。

（つまり、おれは手玉にとられてたっていうのか？）

それも、小学生の女の子に。情けなかったものの、心の隅ではホッとしていた。すみれを傷つけたわけではないとわかったからだ。

「まあ、からかったのは、義成君のことが好きだったっていうのもあるんだけど」

唐突な告白に、義成は狼狽した。

「え、すす、好きって？」

焦って訊き返したものの、彼女のほうは過去のこととして、とっくに割り切っているようだ。

「ほら、男の子って、好きな女の子にわざとイジワルしたりするじゃない。女の子のほうも、好きな男の子にかまってほしくって、アプローチをするものなのよ」

「だからパンツを見せたの？」

「そういうこと。ねえ、ひとつ訊いてもいい？」

「え？」

「わたしのパンツを見たときも、ここがこんなふうになってたの？」

　牡の猛りを握りしめての問いかけ。さすがに肯定しづらかったものの、彼女は秘部を濡らしたことまで打ち明けたのだ。自分ばかり取り繕うのは卑怯である。

「うん。大きくなってたよ」

　義成は正直に答えた。

「じゃあ、あとでわたしのパンツを思い出して、自分でした？　こんなふうに、シコシコって」

　手淫を施しながらの質問は、ただの興味本位でも、面白がってしているわけでもない気がした。少女だった自分が、年上の少年をどれだけその気にさせられたのか知りたいのだ。

「いや、しなかったよ」

「え、どうして？」

「だって、すみれちゃんに悪いことをしたって思ってたんだもの。そんな気になれなかったよ」

「ふうん、そっか」

納得顔でうなずいた人妻が、手をリズミカルに動かし続ける。義成は抗いようもなく上昇した。

「ちょ、ちょっと、すみれちゃん」

「遠慮しないで」

「え？」

「あのときオナニーができなかったぶん、わたしがしてあげるわ」

ストレートな言葉を口にされ、胸の鼓動が激しくなる。

「い、いいよ、そんなことしなくても——あ、ああ」

募る快感に理性が役立たずになる。おまけに、彼女がもう一方の手を陰嚢に添え、揉むように愛撫したのだ。

「むふぅ」

目のくらむ快美に太い鼻息をこぼした義成が、そのとき脳裏に蘇らせていたのは、まだ幼かったすみれではない。

（心海さん——）

昨晩、同じように甘美な施しをしてくれた、兄嫁の手の感触であった。彼女もこんなふうに牡の急所をさすったのだ。

（駄目だ……こんなのって）

ずっと好きだった、憧れのひとを裏切る心境になる。心海は兄の奥さんであり、そんな義理立ては必要ないのに。本来なら、自分の妻に対して申し訳なく感じるべきなのだ。

しかし、妻子のことなど微塵も浮かんでこない。どうやら昨夜の狂おしいひとときが、義成の中の優先順位を狂わせたらしい。

（おれはやっぱり、心海さんのことが――）

彼女がどうしてあんなことをしたのかはわからない。けれど、何とも思っていない男のペニスを愛撫し、射精させられるものだろうか。

（心海さんだって、おれのことを好きなんだ）

願望で胸をいっぱいにしても、現実に快感を与えてくれるのは別の人妻である。やるせなさにまみれたとき、すみれが顔を伏せた。

チュッ――。

ミニトマトみたいに紅潮した亀頭に軽くキスされただけで、電撃にも似た衝撃が背すじを貫く。

「あ、駄目っ」

義成は急角度に上昇した。目の奥がチカチカして、頭の芯が絞られる。

このままほとばしらせるかと思ったとき、屹立の根元を強く握られた。

「くはっ――ハッ、はあ……」

間一髪で爆発を回避し、息を荒ぶらせる。

「すごいわ。オチンチン、ビックンビックンしてる」

感心した口振りで言い、すみれが目を細める。年上の男を翻弄するのが、愉しくてたまらないふうだ。

どうやら、簡単には射精させてくれないようである。あるいは徹底的に焦らすつもりでいるのか。

(……ひょっとして、これって仕返しなのか?)

下着を見たからではない。あんなことまでしておきながら、以来、顔を見せなくなったことに対してだ。

義成とて、申し訳ない気持ちはある。だが、ここまでするのはやり過ぎだ。すみれにだって夫がいるのだし、だいたい、誰か来たらどうするつもりなのか。

「ねえ、他のお客さんが来るんじゃないの？」

はずむ息づかいの下からたしなめると、彼女が首を横に振った。

「だいじょうぶ。ドアはロックしたし、休憩中の札も出してあるもの」

「え？」

振り返って確認すれば、入口のカーテンが閉められている。義成が寝落ちしたあいだに、そこまで準備万端整えたのか。

安心したために、どうにでもなれという心づもりになる。

（だったらいいか……）

昔の過ちのお詫びとして、好きにさせてもいいかもしれない。ただ、一方的に弄ばれるのは、男としてのプライドが許さなかった。

「そういうすみれちゃんはどうなのさ」

「え？」

「さっき、おれに自分でしたかって訊いたけど、すみれちゃんも見られて昂奮したみたいだし、自分でしたんじゃないの？」

挑発的な問いかけに、年下の人妻が目を泳がせる。明らかに動揺していた。

「そ、そんなこと――」

すぐに否定できなかったから、自分で慰めたのは事実らしい。ただ、さすがにもうちょっと成長したあとであろうが。

分が悪くなったのを、彼女も悟ったようだ。主導権を取り戻そうとしてか、苛立ちを隠さず顔をしかめる。

「わたしのことはどうでもいいでしょ。そもそも、小学生のパンツを見たがった、義成君がいけないんだからね」

すみれが再び顔を伏せる。今度はいきり立った肉茎を、半分以上も口内に迎えた。

「あ、駄目」

抗って腰をよじっても、肘掛け付きの椅子に寝そべっていては、右にも左にも逃げられない。チュウと強く吸引され、溜まりきった欲望汁を一気に吸い出されるかと思った。

「くはッ！」

喘ぎの固まりを吐き出し、背中を浮かせる。目のくらむ愉悦に飛びかけた意識を、義成は焦って引き戻した。

（ま、まずい）

このままでは早々に洩らしてしまうと、懸命に理性を奮い立たせる。そんな努力も、ピチャピチャと派手に躍る舌が台無しにした。

「そ、そんなにしたら出ちゃうよ」

情けなく降参しても、許してもらえない。それどころか、牡の急所も手指で快く刺激され、ますます危うくなった。

これはもう、明らかに頂上まで導くつもりでいるようだ。

ナマ殺しで焦らされるよりは、いっそすっきりさせてもらったほうがいい。義成は開き直り、快楽の流れに身を任せた。

「ううう、ほ、ホントに出るよ」

分身をしゃくり上げるみたいに脈打たせると、舌が回り出した。先汁を滲ませる鈴口のあたりを、ねろりねろりとねちっこく舐める。

さらに、口からはみ出した筒肉も、指の輪が忙しく往復した。ゴシゴシと、薄皮で包んだ硬い芯を磨くみたいに。

「あ、いく」

呻き交じりに告げ、義成は歓喜の極みでザーメンを噴きあげた。

ドクッ、ドクン――。

めくるめく悦びを伴い、樹液がいく度もほとばしる。

射精すれば、さすがに口をはずすだろうと思っていたのである。ところが、すみれは陽根を含んだまま、次々と溢れる牡汁を舌で巧みにいなした。口内発射は初めてではなく、何度もされたことがありそうだ。

(まさか、床屋のお客にこんなサービスをしてるわけじゃないよな……)

蕩ける快美にひたりながら、頭の片隅でチラッと思う。そんな穿った想像も、オルガスムスの波に押し流された。

「——ふはっ、ハッ、はふ……」

深い呼吸を繰り返し、腹部を大きく波打たせる。すべて出し切ったあとも、すみれがしつこく秘茎を吸い、舌を絡みつかせていたものだから、強烈なくすぐったさに頭がおかしくなりそうだった。

「も、もういいよ」

息も絶え絶えに告げると、ようやく口がはずされる。完全には萎えていない秘茎が、陰毛の上に力なく横たわった。

「ふう」

ひと仕事終えたみたいに息をついた人妻が、眼鏡をはずして髪をかき上げる。

「義成君、まだ若いんだね。すっごく濃いのがたくさん出たわ」

そう言って口をすぼめ、唾を呑み込む。粘っこいものが、喉に引っかかったのではないか。

（すみれちゃん、おれのを飲んだのか……）

その事実を目の当たりにしても、言うべき言葉が見つからない。義成は絶頂後の物憂い余韻にひたりつつ、彼女から視線をはずした。気まずくて、とても顔を見られなかったのだ。

5

「ねえ、お返しをしてくれないの？」

唐突に訊ねられ、ドキッとする。

（え？）

焦り気味に視線を戻せば、眼鏡を掛け直したすみれが、咎めるようにこちらを睨んでいた。

「……お返しって？」

「わたしは義成君を気持ちよくしてあげたのに、義成君は何もしてくれないの？」

つまり、同じように快い施しがほしいというのか。

単純にお返しということではなく、自分もすみれを気持ちよくしてあげたい気持ちならある。だが、彼女は人妻で、しかもここは彼女の実家なのだ。そんな場所で不貞の行為に及んでいいのかと、ためらわずにいられなかった。

まあ、すでにフェラチオをされ、精液まで飲まれたのだ。今さら良識ぶっても手遅れである。

それでも迷っていると、すみれがやれやれというふうに肩をすくめた。

「ったく……あのときと同じね」

「え、何が?」

「義成君はパンツを見て、自分が満足したら、それでおしまいなのね」

またも昔の話を持ち出され、さすがにムッとした。

(まったく、ひとの気も知らないで)

だったらお望みどおりにしてあげようと、挑発的な気分になる。義成はむくりと起き上がり、彼女を見つめ返した。

「……わかったよ」

「え?」

「今度はおれの番だね」

下半身裸のまま、無言で椅子からおりると、すみれは気圧(けお)されたように後ずさった。義成が目で促すと、交代して椅子に腰掛ける。

「やけに強気ね」

ここまで自分がリードしてきたからか、彼女は指示されることが面白くなさそうだった。それでも、快感への期待はあるようで、リクライニングされたままの椅子に身を横たえる。

床屋の客はほとんど男性だから、ここに女性が腰掛けることはまずあるまい。まして、美貌の人妻が身を任せるみたいに、仰向けの姿勢になるなんてことは。

とても貴重なものを目にしている気になり、胸があやしくはずむ。しかし、これで終わりではなく、ここから始まるのだ。

義成は寝ていたあいだに、勝手に脱がされたのである。だったらいちいち断る必要はあるまいと、白衣の裾(すそ)をたくし上げた。

すみれが穿いていたのは、ソフトタイプのジーンズだった。意外と肉づきのいい腰や太腿をぴっちりと包み、ラインをあからさまにしている。

義成はウエスト部分に手をかけると、無造作に引き下ろした。

「ちょっと、焦らないでよ」

すみれはなじりながらも、ヒップを浮かせて協力した。ところが、パンティごと奪われたものだから、眉間に深いシワを刻む。

「なによ。今日はパンツを見なくてもいいの？」

それは厭味（いやみ）というより、照れ隠しではなかったか。いきなり下半身をあらわにさせられ、頬に赤みが差していた。

とは言え、自分も勝手に脱がした手前、文句は言えなかったであろう。何より、愛撫を求めたのは彼女自身なのだ。

だが、義成が両膝を摑むと、さすがに狼狽をあらわにした。

「え、えっ、なに？」

「何って、気持ちよくしてほしいんだよね？」

顎をしゃくり、文字通りに上からの目線で告げると、すみれが不愉快そうに唇を歪めた。

「ええ、そうよ。気持ちよくしてちょうだい」

少しでも上に立とうとしてか開き直り、さらに脚も大きく開いた。

（わっ！）

秘苑を大胆に見せつけられ、義成はさすがに怯んだ。婦人科の診療を受けるみたいに、彼女が両脚を肘掛けにのせたのである。

夏の雑草みたいに逆立つ秘毛の下側は、肌がややくすんでいる。その中心、縦方向に裂けたところから、茹で肉色の花弁が大きくはみ出していた。

（これがすみれちゃんの――）

少年だったあの日、望んでも見られなかったところである。もちろんあの頃とは形状が異なっているだろうし、毛だってこれほど生えていなかったであろう。

だが、昔の望みが叶ったことで、昂奮もひとしおだった。

女性経験は妻としかない義成が、ナマの女性器を見るのはこれがふたり目だ。ネットの無修正画像とは異なり、新鮮な感動があった。

惹かれるままに顔を寄せれば、ぬるい臭気がふわっと漂う。チーズというか、発酵しすぎたヨーグルトに似ている気がした。さっき嗅いだ吐息とも、どことなく通じるものがある。

（こんな匂いなのか……）

妻の佐枝子は、抱き合う前に必ずシャワーを浴びないと気が済まない性格だ。そのため、女性器の生々しいフレグランスを嗅いだことがなかった。

すみれの正直な牝臭は、科学的に分析すれば、決していい匂いの範疇には入らないであろう。いであろう。にもかかわらず、妙に惹かれてしまう。

うっとりして小鼻をふくらませていると、すみれが焦れったげにヒップをもぞつかせる。ほころびかけていた恥割れが、キュッとすぼまった。

「ねえ、何してるの？」

「ああ、いや、べつに」

言い訳にもならないことを口にして、義成はふと問いかけた。

「ねえ、あのときも、ここに毛が生えていたの？」

「まさか。生理だって来てなかったのよ」

即答され、そうだろうなと納得する。それでも濡れたというのだから、肉体的にはともかく、精神的にかなり早熟だったのは間違いあるまい。

しかも、あれから三十年も経ったとは言え、すでに子供をふたりも産んでいるなんて。

女芯を眺めながら、時の流れをしみじみと感じていることに気がつき、義成は苦笑した。客観的に見て、かなり滑稽である。

ここはさっさと進めるべきだと、かぐわしさの源泉にくちづける。

「くうぅ」

すみれが小さく呻き、腰をよじる。けれど、逃げようとはしない。

(気持ちいいんだな)

義成は舌を躍らせ、秘肉の裂け目をほじるようにねぶった。

「ああ、あ、いやぁ」

拒む言葉を口にしても、声音は少しも嫌がっていない。むしろ、もっとしてとばかりに、尻を前にずらした。

おかげで舐めやすくなる。

(これがすみれちゃんの味なのか)

ジワジワと滲み出る蜜汁が、舌に絡みつく。匂いほどに味は顕著でなく、ほんのり塩気が感じられる程度であった。

それがやけに好ましく感じられ、貪欲に舐め取る。

「あ、あっ、そこぉ」

敏感な尖りを探って舌を律動させると、すみれが声を震わせてよがる。ふっくらと脂(あぶら)ののった下腹が、ビクッ、ビクンと波打った。

(すごく感じてるぞ)

反応されることで、クンニリングスにも熱が入る。もっと乱れさせたいと、唇を強く押しつけた。

ぢゅぢゅッ――。

愛液をすすると、「いやぁ」と切なげに嘆く。いよいよ悦びに対して貪欲になったか、肘掛けにのせていた両膝を自ら抱え込んだ。陰部を上向きにしたのは、舌を深く受け入れるためだろう。

いったん口をはずすと、ハートのかたちにほころんだ花弁は腫れぼったくふくらみ、狭間に赤みの強い粘膜を覗かせていた。小さな洞窟が、開いたり閉じたりするのも見える。

（うう、いやらしい）

卑猥な眺めに煽られる。萎えたペニスに、再び血液が舞い戻る兆しがあった。

恥芯のすぐ下には、褐色のツボミがあった。糸で引き結んだみたいな可憐な眺めに、胸の鼓動が大きくなる。

そこが排泄口であると、もちろん知っている。だが、不潔な場所なんて印象は、まったく持たなかった。

（ここも感じるのかな？）

考えるなり、実行したくてたまらなくなる。

夫婦の営みで、オーラルセックスは普通に行われていた。だが、佐枝子はクンニリングスがあまり好きではないようで、義成に長く舐めさせなかった。また、すみれのようにあられもない声をあげることもなかった。

よって、アヌスは愛撫の対象外であった。

妻ではない女性だから、欲望のままに振る舞えるのか。また、彼女のほうから求められたことも、義成を大胆にした。

（舐めたい――）

愛らしくヒクつく肛穴に、迷うことなく舌を這わせる。

「はひっ」

すみれが息を吸い込むみたいな声を洩らす。同時に尻の谷が閉じて、舌を捕まえようとした。

それでも、わざと舐めたのではなく、たまたま触れたと思ったらしい。特に咎められなかった。

それをいいことに、放射状のシワをチロチロと舐めくすぐる。今度はさすがにわかったようである。

「ちょ、ちょっと、そこは」

椅子の上で、ヒップが左右にくねる。だが、両膝を抱えているために谷底があらわになっているとは気がつかないのか、脚を戻すことはなかった。

もしかしたら、もっとしてほしいと無意識に求めていたのかもしれない。

「イヤイヤ、そ、そこ、違うぅ」

抗う言葉も弱々しい。何より、アヌスが物欲しげにヒクヒクと収縮する。

「む――気持ちいいんじゃないの？」

「ば、バカ、そんなわけないでしょ」

「何も感じないの？　だったら、好きにしてもかまわないよね」

勝手な理屈で秘肛舐めを継続すると、すみれの喘ぎが著しくなった。

「くうう、そ、そんなバッチイところ舐めて、病気になっても知らないから」

脅したつもりらしいが、そんなことを気にするぐらいなら、最初から舐めない。それに、特に異臭も、ベタつきも感じなかったのだ。

今どき、どこの家庭のトイレにも、シャワー洗浄が備えつけられている。彼女も清潔にしているのではないか。

義成は躊躇なく、可憐なツボミを丹念に味わった。

「う……あうう、い、いやぁ」

　気持ちいいだろうと問われて否定したくせに、人妻理容師が艶声をこぼす。下半身も左右に揺れ、はっきり快感と捉えられるものではないにせよ、悩ましい感覚を得ているのは明らかだ。

（え？）

　舌に温かい粘つきを感じて、義成は驚いた。見ると、ほころんだ恥割れの内側に透明な愛液が溜まり、その一部が会陰（えいん）を伝って、アヌスにまで滴（したた）っていたのだ。

　ここまで濡れるのは、性的な昂ぶりなり悦びなりを得ている証である。

（やっぱり感じてるんじゃないか）

　義成は蜜汁を絡め取り、柔らかくほぐれてきた感のある秘肛を舌先でほじった。

「ああっ、あ、ダメよぉ」

　侵入されると思ったのだろう。括約筋がキツくすぼまる。けれど、たっぷり潤滑されていたものだから、切っ先がほんの数ミリ、ヌルッと入り込んだ。

「イヤぁ、ば、バカぁ」

　実際よりも奥まで入ったように感じたのではないか。すみれが焦りをあらわにし、抱えていた膝を離した。

脚を下ろされては、アヌスを舐めるのは無理だ。義成はいったん離れざるを得なくなった。

「もう……ヘンタイなんだから」

ハァハァと息をはずませながら、彼女が涙目で睨んでくる。ヒップを落ち着かなくくねらせていたから、まだアヌスに舌の感触が残っているのだろうか。

（ヘンタイって、すみれちゃんだって感じてたじゃないか）

一方的に罵（ののし）られ、不満を覚える。ならば肛門を舐められて、愛液を多量にこぼしていたことを指摘しようかと思ったが、義成は思いとどまった。そこまで暴露したら、可哀想な気がしたのだ。

不利になることを言われるかもしれないと察したか、すみれが次の行動に移る。自ら理容椅子を操作して、座面の高さを低くした。

それから、おしりの位置を前にずらし、再び下肢を割り開く。

「ねえ、オチンチン、どうなってる？」

女芯をあらわにしての問いかけに、義成は軽くうろたえた。射精しておとなしくなった股間の分身が、下腹にへばりつかんばかりに猛っていることに、今さら気がついたのである。

「ああ、ええと、まあ……」

曖昧にうなずくと、それだけで察したようだ。

「おしりの穴を舐めて昂奮して、オチンチンが大きくなったのね。やっぱり義成君ってヘンタイよ」

なじりながらも、目が淫蕩にきらめく。両手の指を大陰唇に添え、自ら大きくくつろげた。

「だったら、ここにさっさと挿れちゃって」

牡を迎え入れるところを大胆に晒し、挑発的に誘う。

椅子が低くなったことで、ふたりの陰部は同じ高さになっていた。このまま前に進むだけで、容易に結合が果たせるはずである。

(いいのか？)

ためらいを覚えたのは、ほんの一瞬だった。ここまで淫らなことをしておいて、今さら迷っても遅い。

他の女性と交わることへの罪悪感を、妻に対して抱かなかったのは、少年時代の悔いを晴らしたい気持ちが強かったからであろう。欲望にまみれて少女に不埒なことをし、激しく後悔することになったあの日をやり直したかった。

晃と疎遠になったのは、高校が違ったことだけが理由なのではない。妹に性的な目を向けたことで、気まずさを感じるようになったのだ。

それに、付き合いが続いたら、またすみれと顔を合わせる可能性がある。あのあとも散髪には訪れたものの、終わったら長居せず、さっさと退散した。

すみれに対する罪悪感は、忘れようと努めたこともあり、時間の流れとともに薄らいだ。だからこそ、こうして再び店を訪れることができたのである。もっとも、彼女が継いでいるとは予想もしていなかったが。

すみれと肉体の交わりを持つことは、様々なわだかまりや呪縛から、義成を解き放ってくれるはずであった。いや、自分ばかりでない。彼女も積年の思いを遂げることができるのである。

ところが、ふたりの距離を詰め、濡れ割れに亀頭が接したところで、脳裏に浮かんだ人物に狼狽する。

それは心海であった。

(え、どうして――)

自分でもなぜなのか、理由がわからない。好きなひとがいるにもかかわらず、他の女と深い関係になることに、良心が咎めたのか。

彼女は兄の嫁で、すみれと同じ人妻だ。操を立てる義理などないのに。

「ねえ、早く」

義成が寸前で停止したものだから、すみれが眉をひそめて急かす。焦らされていると思ったらしい。

「あ、うん」

迷いを吹っ切るように、腰を前に進める。ふくらみきった頭部が、温かく濡れたところにぬぷりと入り込んだ瞬間、心海の顔が脳裏から消えた。

「おおお」

自然と声が洩れ、うっとりする歓喜が全神経を甘く痺れさせる。まだ完全に入ったわけではないのに、ペニスが蕩けるようだった。

（おれ、すみれちゃんと――）

これが人生でふたり目となる女性である。新鮮な感覚が、悦びを極上のものにしたようだ。

義成は鼻息を荒くして、残り部分をずむずむと押し込んだ。

「あふぅ」

すみれがのけ反り、全身を波打たせる。根元まで受け入れた牡の猛りを、ヒダの際立つ蜜穴でキュッキュッと締めつけた。

(うう、気持ちいい)

意志とは関係なく、腰がブルッと震える。もっとよくなりたくて、肉棒をそろそろと後退させると、勢いよく膣奥へ戻した。

「ああっ！」

子持ちの人妻が甲高い声をあげ、裸の下半身をわななかせた。

「そ、それいいッ。もっとぉ」

せがまれるままに強ばりを出し挿れすると、彼女は身をよじって乱れた。

「くうう、ふ、深いー」

ヌチュヌチュと卑猥な音を立てて見え隠れする筒肉に、白い濁りがまといつく。そこからたち昇るのは、なまめかしい酸味を含んだセックスの匂いだ。

(してるんだ、おれ……すみれちゃんと——)

その部分を目の当たりにすることで、交わっている実感が湧く。内部の締めつけ具合も、よりリアルに感じられるようだ。

おかげで、性感曲線が急角度で上昇する。

このままでは早々に果ててしまうと、義成は腰の動きをセーブした。深く突き挿れながらも、前後運動をゆっくりにしたのである。

ところが、すみれがそれを許さなかった。

「ねえ、もっとズンズンして」

貪欲にせがまれては、応えないわけにはいかない。募る射精欲求を抑えるべく奥歯を嚙み締め、ペニスをリズミカルに抜き挿(さ)しした。

「あ、あん、感じるぅ」

頭を左右に振ってよがる彼女は、今にも眼鏡がずり落ちそうだ。夫以外の男とのセックスを、それだけ享受している証である。

(旦那さんと、ずっとしてなかったのかな?)

夫婦生活に満足していたら、こんなふうに他の男を誘わないはずだ。たとえ、過去に因縁があったとしても。

すみれはふたりの子持ちとは思えないほど、魅力的な女性である。だからこそ、義成も誘惑にのってしまった。

とは言え、結婚生活が長くなると、どうしてもスキンシップが疎(おろそ)かになりがちだ。ましてて子供が生まれると、妻よりも母親という見方が強くなる。それはひとりの女として意識しづらくなるのと同義であった。

義成自身も、子供が生まれてから夫婦の営みが顕著に減った。最後に抱いたのがいつだったのか、思い出すのも困難なほどご無沙汰になっている。

そのため、すみれも夫に抱いてもらえない欲求不満から、ここまで積極的になったのではないかと推測したのだ。

とは言え、そんなことを本人に確認できるはずがなかった。失礼だし、仮にセックスに飢えていたのだとしても、彼女はかつて好きだった男に再会したからこそ、心もからだも開いてくれたのだ。

それこそ、義成が未だに心海への恋慕を持て余しているように。

すみれも自分と同じなのだと共感することで、愛しさがこみ上げる。あれこれ考えて危うい状況を脱したこともあり、彼女を悦ばせることに徹した。

「あ、あ、ああっ、す、すごい」

女芯を力強く突くことで、人妻がよだれを垂らさんばかりに口許を歪める。滴る愛液が飛び散って、ふたりの陰部をじっとりと湿らせた。

(濡れすぎじゃないか?)

けれどそれは、情愛のしるしでもある。

「いい、いいの。硬いオチンチン、好きぃ」

よがるすみれの蕩けきった美貌と、分身が出入する結合部を交互に眺めながら、義成は背すじがゾクゾクするのを覚えた。セックスでここまで気分が高揚したのは、初めてではないだろうか。

「おれも気持ちいいよ。すみれちゃんのオマンコ、最高だ」

わざと卑猥な単語を口にすると、彼女はいっそう刺激されたようだった。

「ううう、わ、わたしもいい……オマンコ溶けちゃう」

内部の締めつけが著しくなる。キュッキュッと、激しいピストンをせがむみたいに入口が収縮した。

おかげで、再び射精欲求が高まる。

「駄目だ。気持ちよすぎて出ちゃうよ」

危ういことを正直に伝えると、すみれが艶っぽい笑みを浮かべ、見あげてきた。

「い、いいわ……このまま中にちょうだい」

嬉しい許可を与えられ、義成は戸惑った。

「え、いいの？」

「うん。わたしも――あああっ、も、もうすぐだからぁ」

一緒に昇りつめたいのだとわかり、義成はうなずいた。ならばと、いっそう力強いピストンを繰り出す。熟れたボディが、予告どおりに頂上へと向かった。

「あああ、いい、イク、イッちゃう」

彼女の頭が前後にガクガクと揺れ、とうとう眼鏡がずり落ちる。それにもかまわず、人妻は歓喜の声を張りあげた。

「イクイク、も、ダメ、ヘンになっちゃぅぅううっ！」

激しい乱れように、義成も限界を突破した。腰振りの速度を落とすことなく、歓喜に痺れる肉根から熱い樹液を撃ち出す。

「むふぅぅう」

太い鼻息がこぼれ、目がくらむ。ペニスの中心を駆け抜けた固まりが、数回に分けてほとばしった。

「ああ、ああっ、来てる。あったかい……」

膣奥に広がる潮を感じたのか、つぶやいたすみれがからだのあちこちをピクッ、ビクンと痙攣させる。脈打つ牡棒を包み込む膣肉が、名残惜しむように蠕動した。

「あうう」

駄目押しの快感を与えられ、義成は膝から崩れそうになった。椅子の肘掛けに手をついてどうにか堪え、肩で息をする。

（……気持ちよかった）

気怠い余韻にひたっているうちは、旧友の妹、しかも人妻と関係を持ったことに、後悔など抱かなかったのである。ところが、軟らかくなった秘茎が恥芯から抜け落ち、白濁液がこぼれるのを目にするなり、盛りあがっていた気分が急降下する。

（おれ、何をしてたんだ——？）

しどけなく横たわり、うっとりした面差しで瞼を閉じているすみれを見おろし、義成は夢から醒めたようで落ち着かなかった。

——一時間後、重い足を引きずるようにして、義成は帰路についた。

（どうしてあんなことになったんだろう……）

今さら遅い後悔を噛み締める。もっとも、すみれのほうは、少しもそんな素振りを見せなかった。

昇りつめて気が晴れたのか、彼女は身繕いを済ませると、残りの散髪作業をてきぱきとこなした。鼻歌を歌いながら、しごく上機嫌で。

だが、義成のほうはそうはいかず、居たたまれなさを募らせた。鏡に映る自分を見るのがつらくて、ずっと目を閉じていた。

『また髪が伸びたら、ウチにいらっしゃい』

支払いを済ませると、すみれは愛想よく送り出してくれた。あんなに乱れたのが嘘のように、爽やかな笑顔で。今度来店したらまた——なんて素振りなど、少しも見せなかった。

要するに、一度すれば満足ということなのだ。

あれだけ激しく求め合いながらも、後腐れなく終わったことに安堵する。そのくせ、これで終わりなのかともの足りなく感じるのは、男の浅ましさなのか。

だからと言って、再び彼女と関係を持つつもりはない。おそらく、「理容　椽の木」を訪れることも。

腰がやけに怠い。荒淫の影響なのは明白だ。

(それにしても、すみれちゃんを相手に二回も出すなんて……)

調子に乗りすぎだと、自分が嫌になる。そんなに溜まっていたというのか。

いや、そんなはずはない。つい昨晩、心海の手で多量に放精したばかりなのだ。

結局のところ、欲望に負けた自分が悪いのである。親身に看病してくれた兄嫁の優しさも裏切った気がして、胸が痛んだ。

「ただいま」

玄関の戸を開け、暗い声で告げる。すると、すぐに心海が現れた。

「お帰りなさい。あら、すっきりしたみたいね」

にこやかに言われて、義成はうろたえた。カットされた髪型のことを、別の意味に捉えてしまったのだ。

「い、いや、すっきりだなんて――」

弁明しようとして、早合点に気がつく。口ごもってしまった義理の弟を、心海は怪訝そうに見つめた。

第三章　山小屋で抱きしめて

1

「ねえ、あとで懐かしいところへ行ってみない？」

昼食の席で、心海が楽しげな面持ちで提案した。

「え、懐かしいところって？」

義成が訊ねると、

「それは行ってのお楽しみ」

と、すでに出かけることが決定事項であるかのように答える。

心海と外出できるのは、もちろん嬉しい。一方で、いいのかなとためらう部分もあった。帰郷してから、まだ一度も兄の見舞いに行っていないのだ。

一日目は実家に帰ってすぐに熱を出し、寝込んでしまった。翌日には下がったものの、午後は散髪に出かけ、病院には行けずじまいだった。

それが昨日のことである。

あと五日間は滞在する予定だが、今日こそはと、義成は考えていた。

ところが、なかなか起きられず、ようやく蒲団から出られたのはお昼前。心海は午前のうちに病院へ行き、帰ってくると入れ替わるように母親も息子の顔を見に行ったから、またもタイミングを逸したのだ。

朝、ちゃんと起きられなかったのは、すみれのところで二回も射精し、疲れたためだろうか。それに、前の晩も心海の手で果てたばかりだったのである。

本人を前に甘美な一夜を思い出し、モヤモヤする。とは言え、柔らかな手指で一方的に快感を与えられただけだったのだ。

義弟を射精させたのに、心海はまったく気にかけていない様子だ。看病し、からだを拭いたのと変わらぬ行為のように捉えているのか。

あるいは、義成のことを憎からず思っているから、後悔も罪悪感も覚えないのか。

後者であってほしいと、義成は願っていた。そうであるのなら、こちらから告白すれば受け入れてもらえるはずだ。

（だけど、どこへ行くつもりなんだろう……）

今日の行き先によっては、彼女の気持ちがはっきりするかもしれない。期待がふくらみ、落ち着かなくなる。

お昼を食べて少し休んだあと、

「それじゃ、行きましょ」

心海に声をかけられ、居間で寝転がっていた義成は急いでとび起きた。普段着のまま外へ出ると、車に乗った彼女が、エンジンをかけるところであった。

こういう田舎町では、車が重要な足である。女性でも運転免許を持っているのが当たり前で、心海もそのひとりであることは知っていた。

だが、彼女が運転する車に乗ったことはない。

「遠いところなの？」

助手席に坐ってから訊ねると、

「歩くとちょっと時間がかかるから」

心海は曖昧に答え、アクセルを踏んだ。徒歩でも行けないわけではないらしい。

今日は薄曇りで、山のほうは雲が厚い。天気が悪くなったときのことも考えて、車で行くことにしたのではないか。

道中、ハンドルを握る彼女を、義成は横目でチラチラと眺めた。

実家には車が二台ある。ボックスタイプと軽トラックだ。母親も免許を持っており、慣れているからといつも軽トラックを使う。今日もそれを運転して病院へ行った。

ふたりが乗っているボックスタイプは、主に兄の通勤用である。心海も買い物の他、病院へ行くときにも使っていた。

運転には慣れているはずなのに、彼女はやけに緊張した面持ちだ。隣に夫の弟がいるから、普段の調子が出せないのか。

男として意識されているのかもと都合のいい解釈をして、胸がどうしようもなく高鳴る。すると、無言だった心海が口を開いた。

「ねえ、わたしの運転、ヘタかな？」

眉根を寄せての問いかけに、義成は「そんなことないけど」と答えた。

「だけど、幸一さんはわたしが運転するとき、いつも不安そうにしてるのよ。助手席に坐って、ずっとしかめっ面をしてるし」

心海が口を尖らせる。義弟に運転のことで文句を言われるのではないかと、神経質になっていたようだ。

「それって、兄さんは心配しているだけなんだよ。心海さんのことを」

「え、心配？」

「おれは大学のときに、兄さんに言われて免許を取ったんだけど、帰省したときに運転したら、やっぱり隣で顔が強ばっていたもの。でも、べつに運転のことで注意するわけじゃなくて、あとでなかなかうまいなって褒めてもらったよ」

「そうなの？」

「だから、事故を起こさないかって心配してるのさ。いくら運転がちゃんとできていても、誰かが飛び出してくることだってあり得るわけだし。そういうことが気になって落ち着かないんだよ。のんびりしているようで、けっこう心配性だから」

「ふうん」

なるほどという顔でうなずいた心海が、こちらを見る。

「やっぱり兄弟なのね。そんなことまでわかるなんて」

嬉しそうに白い歯をこぼした彼女に、胸がチクッと痛んだ。兄と弟の仲がいいことを、心から喜んでいる様子だったからだ。

(おれと心海さんがふたりでドライブしてること、兄貴は知ってるのかな)

仮に知っていたとしても、妻と弟が親しく交流することを歓迎するだけであろう。

そういうひとなのだ。

そんな心優しい兄を裏切ることはできない。それでいて、心海への気持ちは止められそうになかった。板挟みの苦しみを感じつつ、程なくそれが取り越し苦労なのだと悟る。

(そもそも、心海さんがおれを受け入れてくれると決まったわけじゃないんだぞ)

深夜の甘美な施しで、もしかしたらという気持ちが高まっていた。けれど、彼女の本心は未だわからないのだ。

たった今も、兄弟の関係が良好であると知り、笑顔を見せたのである。義弟に心が傾いていたら、そんな反応はしないはずだ。

心海の本当の気持ちがはっきりしないうちは、恋心を秘めておこう。そう決心し、義成は車が向かう先に視線を移した。見覚えのある景色を懐かしみながら。

「義成君って、東京でも運転するの?」

「ほとんどしないよ。仕事で社用車を使うことが、たまにあるぐらいかな」

「え、家族で出かけるときは?」

「向こうはこっちと違って、電車もバスも本数があるから、車がなくても移動には困らないもの。それに、前は車を持ってたんだけど、乗らなくても保険だの税金だの出費がかさむって、結局手放したんだ」

「ふうん、そうなんだ」

うなずいた心海が、ため息をつく。

「でも、いいわね。東京はこっちみたいに、車がないとどこにも行けないなんてことはないんだから」

羨ましそうに言われ、義成は（あれ？）と思った。

（心海さん、東京に住んでみたい気持ちが、まだあるのかな）

ふたりの今後を期待しそうになったとき、目の前の景色を見て閃くものがあった。

（あ、こっちは——）

目的地がどこなのか、やっとわかった。ふたりに共通する唯一の場所、卒業した高校へ向かっているのだ。

心海は隣町からバスで通っていたはずだが、義成は比較的近いこともあって自転車通学だった。現在走っているこの道を、三年間ペダルをこいで通った。

卒業以来、母校の前を通ることすらなかったから、懐かしさはある。それに、心海と出会った場所でもあるのだ。

けれど、結果的にうまくいかなかったわけであり、悔やむことも多い。ふたりで訪れたら、自己嫌悪がぶり返しそうであった。

それでも、彼女が行きたいのなら反対はできない。渋ったら、間違いなく理由を訊かれるであろう。

話を合わせて懐かしむしかないかと諦めたとき、学び舎(や)が見えてきた。

「ほら、わたしたちの高校よ」

心海が声をはずませる。『わたしたちの』という言葉に、義成はドキッとした。そして、胸が熱くなるほどに感激する。

義成には後悔ばかりの高校生活だったが、彼女にとっては大切な思い出であるのだ。それこそ、自分と過ごした時間も含めて。

兄の幸一とは違う高校だったから、彼が知らない女子高生時代の心海を、義成は知っている。そう考えると、あの頃が宝石のごとく貴重に思えてきた。

(思い出にひたって、ふたりで校舎を見て回るのもいいかもな)

一転、わくわくしてきたところで、それは難しいことに気がついた。今日は平日で、授業が行われているのである。それに、昨今ではどこの学校も、部外者を校舎内へ迎えることについて神経質になっている。

やっぱり無理かなと落胆したとき、車が高校の前を通り過ぎた。

(え、あれ?)

ここが目的地じゃなかったのかと、義成は首をかしげた。横目で窺うと、心海は最初と違ってリラックスした顔つきで、ハンドルを握っている。

もしかしたら、高校は学舎を見ただけで、本当の用事は買い物なのか。この先に、農協のストアがあるのだ。

それでもいいかと思い直したところで、車が脇へ折れる。山のほうへ向かう道に入った。

（どこへ行くんだ？）

買い物じゃないのかと、義成は怪訝に思った。しかも、心海はふもとの空き地に車を停めたのである。

「さ、降りて」

言われて、訳のわからぬまま車外に出た義成であったが、山のほうを見あげて「あっ」と声をあげた。

「憶えてるよね？　郷土研究部で、義成君とふたりで登ったときのこと」

朗らかに言われ、息苦しいほどに胸が締めつけられる。

武将の仮住まいの遺構調査を目的に訪れ、山上で心海に将来の約束をした。気持ちが伝わっていなかったことも含めて、あの日を忘れられるはずがない。

（でも、心海さんも憶えていたなんて——）

義成は複雑な思いを嚙み締めた。だったら、どうして待っていてくれなかったのかと、恨み言のひとつも言いたくなる。

「それじゃ、行きましょ」

「え？」

「久しぶりに、わたしも懐かしい景色を楽しみたいわ」

どう答えればいいのかわからないまま、義成は戸惑い気味にうなずいた。

2

三十分後、ふたりは山頂近くにいた。高校生のときより時間がかかったのは、若さには敵（かな）わないということなのか。

「あー、気持ちいい」

あの日と同じ場所で、心海が両手を広げて風を受ける。その背後に立つ義成は、山上からの景色には目もくれなかった。

（心海さん……）

愛しいひとの後ろ姿、それも、ジーンズに包まれたヒップに、視線が真っ直ぐ注がれていたのである。

ふもとからここへ来るまでは、車の通れないハイキングコースのような山道を登った。道幅も横に並ぶことができないほど狭く、心海が先導していたのだ。

彼女は丈の短い白のシャツに、袖なしのダウンジャケットを羽織っていた。そのジャケットも、途中で暑くなったらしく脱いでしまった。

シャツの裾では隠せない、たわわな臀部がぷりぷりとはずむ。坂道のため、ほぼ目の高さにあるそこを、義成は飽くことなく見つめ続けた。というより、目が離せなかったのだ。

高校生だったあの日も、心海が前を歩いていた。けれど、制服のスカートは膝丈だったし、下半身の形状などわからなかった。

そもそも、着衣のヒップラインに惹かれるようになったのは、大人になってからだ。もしもあのとき、彼女がジャージか何かを穿いていて、パンティラインでも浮かんでいたら、それで目覚めた可能性はあるが。

しかしながら、成長した今のほうが、ずっと魅力的なおしりであるのは間違いない。ジーンズが窮屈そうな太腿も肉感的で、三十代の熟れた色気が匂い立つようだ。

「ねえ、憶えてる？」

いきなり振り返った心海に声をかけられ、義成は心臓が停まりそうになった。

「え、なな、何を？」

思いっきり動揺したものの、彼女は特に怪しまなかったようだ。

「あの日、義成君がわたしに言ったこと。先に東京へ行って、あとでわたしを呼んでくれるって」

懐かしむ面差しを浮かべられ、不覚にもじんとする。ほとんど捨て身の告白を、今に至るまでちゃんと憶えていてくれたのだ。

「わたし、すごく嬉しかったのよ。男の子から、あんなに頼もしいことを言ってもらえたの、初めてだったから。もうちょっとで泣きそうになったぐらい感激したの」

そこまで言ってもらえて嬉しかったものの、解せない部分もあった。

（だったら、どうしておれを待っていてくれなかったんだ？）

あとほんのちょっとで、東京へ呼べたのである。なのに、さっさと結婚してしまうなんて。

偶然再会したとき、義成が何も言わなかったから、あの告白は本気ではなかったのかと落胆したのか。それとも、他に頼りがいのある男が現れたから、後輩のことなどどうでもよくなったのか。

とにかく、義成がこまめに連絡を取らなかったのと、心海に相応しい男になれなかったのが悪いのだ。彼女を責めるのはお門違いである。

そうとわかっていても、簡単に吹っ切れるものではない。本当に、ずっと大好きだったのだから。

せめて、自分が選ばれなかった理由を確認したい。でないと、一生諦めきれずに、悶々として暮らすことになる。

「あの――」

思い切って訊ねようとしたとき、頬にポツッと当たるものがあった。

(え?)

空を見あげると、いつの間にか黒い雲が広がっていた。

「あら、雨かしら?」

心海も気がついたようで、手のひらを上に向ける。その時点では、普段のおっとりしたというか、いっそ呑気な反応であった。

ところが、いきなり土砂降りの雨が落ちてきたものだから、さすがに彼女も慌てる。

「キャッ」

悲鳴をあげ、両手で頭を庇う。けれど、まったく意味がない。十秒と経たずに、プールにでも飛び込んだみたいにずぶ濡れとなった。もちろん、義成も。

「こ、心海さん、早く」

うろたえるだけの兄嫁に駆け寄り、手を繋いで走り出す。登ってきた途中に、古びた小屋があったのを思い出したのだ。

（あそこで雨宿りをしよう）

多量の雨が山道を流れ、水路のようになる。足を取られそうになりながらも懸命に駆け下り、どうにか小屋に飛び込んだ。

中は三畳ほどの広さであろうか。下は固められた土で、いらなくなった板戸を流用したらしき入口以外、窓もない。

あるものと言えば、数本の鍬やスコップの他、壁には鎌や鉈が差してあった。おそらく、ふもとの農家が山菜採りのときにでも使うのだろう。

板戸を少しだけ開けておいたものの、空を雨雲が覆っているため、中はかなり暗い。湿った土と、枯れた草の匂いが立ちこめていた。

「あーん、ビショビショ」

心海が子供みたいに嘆く。持っていたジャケットを脇にあった鍬の柄に掛けると、義成に背中を向けた。

「酷い雨……パンツまで濡れちゃったわ」

その独り言は、かろうじて聞こえた。トタン屋根に大粒の雨がぶつかって、ドラムが打ち鳴らされる真下にいるみたいだったのだ。

（え——!?）

義成は心臓をバクンと鳴らした。心海がシャツを肩から外し、白い肌が見えたのである。

焦って回れ右をすると、彼女が雨音に負けない声で言った。

「義成君も、濡れた服を脱いだほうがいいわよ。そのまま着てたら、風邪を引いちゃうから」

どうやらシャツを脱いで、雨を絞るつもりらしい。そっと振り返ると、上半身はブラジャーのみの背中が、暗がりでもしっかり見えた。

操られるみたいにボタンをはずし、義成はチェックのシャツを脱いだ。中に着ていた長袖の肌着もぐっしょり濡れており、からだにしつこく張りつくそれを、どうにか頭から抜く。

上半身裸になって、けれど心海がしているように、濡れたものを絞る気になれなかった。そんなことよりも、同じく肌を晒した兄嫁に意識を奪われる。

(心海さんがこんな近くで——)

我慢できず、義成は彼女のほうを向いた。裸の背中が眩しくて、抱き締めたい衝動が高まる。

ここまで無防備なのは、信頼しているからなのだろう。いや、むしろ誘っているのではないか。

(さっき、おれが告白したときの話をしたのは、本当は待っていたって伝えたかったからじゃないのか)

今度こそわたしを捕まえてと、望んでいるのかもしれない。それに、ここで何もしなかったら、この先もずっと後悔することになるであろう。

(そんなのは、もう嫌だ)

何もせずに悔やむぐらいなら、すべてを投げ出してでも気持ちを伝えたい。今がそのときだと、熱い思いが胸にこみ上げた。

裸になったことで、心もさらけ出したくなったようだ。義成はためらうことなく、真後ろから兄嫁に身を重ねた。

「え？」

腕を回して密着すると、心海がわずかに身を強ばらせる。だが、抵抗されることはなかった。

それをイエスだと判断し、腕に力を込める。

「温めてくれるの？」

掠れ声の問いかけ。優しさゆえに肌を合わせたのだと、彼女は思っているのか。それとも、ただの照れ隠しか。

どちらなのか確認する余裕は、義成にはなかった。

（ああ、心海さん……）

雨で湿った肌は、柔らかくもひんやりしている。それが体温を取り戻すことで、なまめかしく甘い香りが強まった。

義成は勃起していた。山道を登りながら心海のヒップに魅せられていたものが、ここへ来て一気に欲望へと昇華されたようだ。

はち切れそうな高まりを、ジーンズのヒップに押しつける。硬い布越しでもぷにっとした肉感がたまらなく、目のくらむ悦びが生じた。

「ちょっと――」

さすがに様子がおかしいと察したか、心海が身をよじる。逃がすまいと、義成は強く抱き締めた。

「だ、ダメよ、義成君」

抗って逃げようとする彼女に、こんなことを望んでいたわけではなかったのだと悟る。しかし、今さらやめられない。

「心海さん、どうしておれを待ってくれなかったの？」

耳に唇を寄せて訊ねると、細い肩がピクッと震えた。

「え、待つって？」

「さっきの場所で、東京に呼ぶって約束したのに……心海さんだって憶えていたくせに、他の男と結婚するなんて」

「そ、それは」

抵抗が弱まったのをいいことに、ブラジャーごと鷲掴みにして乳房を揉む。

「イヤっ、や、やめて」

泣きそうな声を聞いたために、義成は手をはずしたのではない。カップ越しでは、乳肉の弾力が感じられなかったからだ。

代わりに、ジーンズの中へ手を忍ばせる。

「ダメぇっ！」

必死で逃げようとする心海は、義成にまさぐられることを明らかに拒んでいた。そのことが、義成の積もり積もった感情を爆発させる。

「おまけに、どうして兄さんと再婚したんだよ。完全に当てつけじゃないか」

「そ、そんなつもりで幸一さんといっしょになったんじゃないわ」

「だったら、どういうつもりなんだよ」

「とにかく、いったん放してちょうだい」

パンティのゴムをくぐった指に、恥毛が戯(たわむ)れる。ザラッとした感触がやけに生々しく、劣情をそそられた。

だが、ジーンズがキツいため、これ以上の探索は難しそうだ。まして抵抗されていては。

「ねえ、お願いよ、義成君。やめてくれたら、誰にも言わないから。こんなの、ゆ、許されないのよ」

年上ぶったお説教に、頭にカッと血が昇る。

「だったら、どうしてあんなことをしたのさ」

「え、あんなこと？」

「一昨日の晩、心海さんはおれのをしごいて、気持ちよくしてくれたじゃないか！」

ほとんど叫ぶように告げるなり、心海が固まる。淫らな施しを、気づかれていないと信じていたのだ。

「あ、あれは——」

言葉に出せたのは、それだけだった。弁解できるようなことではないと、彼女自身わかっていたのだろう。

「おれ、心海さんが好きだったんだ。東京へ呼ぶって言ったのも、本気だったんだ」

「義成君……」

「今だって、おれが本当に好きなのは、心海さんだけなんだ」

真剣な告白に、心海は腰を引いた状態で動かずにいた。義弟の思いの丈を受け止めきれず、フリーズしてしまったかのように。

今のうちにと、義成は指をさらに深く侵入させた。鼻息を荒くし、牡の隆起を熟れたヒップにこすりつけながら。

叢を乗り越えた指が、わずかに窪んだところに到着する。そこは明らかに湿っていたものの、雨で濡れたせいかもしれなかった。

（おれ、心海さんのアソコをさわってる）

軽い目眩を覚えるほどに昂ぶった義成は、指の腹で窪みをこすった。

「あ……」

小さな声がこぼれ、着衣の下半身がくねる。まさぐるところが熱を帯びてきたのがわかった。

（感じてるんだ――）

ずっと好きだった女性との、親密なふれあい。こんなにも嬉しいことが、他にあるだろうか。

「だ、ダメなの。ホントに」

抗う声も弱々しい。募る快感に、どうしようもなくなっているようだ。

（ああ、心海さん）

夢見心地の気分にひたる義成であったが、不意に気がついた。心海が肩を震わせ、しゃくり上げていることに。

（え？）

驚きと混乱で、今度は義成が固まってしまう。すると、その機を狙っていたかのごとく、抱き締めていた腕を振りほどかれた。

彼女が息をはずませて振り返る。髪も顔も雨で濡れていたが、頬を伝う雫（しずく）は別のものであるとわかった。

（心海さんが泣いてる……）

次の瞬間、頬がパンッと音高く鳴る。熱さと痺れにワンテンポ遅れて、痛みが襲ってきた。

途端に、瞼の裏が熱くなる。堪えようもなく涙が溢れてきた。

「バカッ！」

悲しみをあらわにした声が、狭い空間に反響する。

脇にあったジャンパーを掴み、小屋を飛び出す心海を、義成は涙でぼやける目で追った。上半身ブラジャーのみの後ろ姿が、たちまち土砂降りの向こうに消える。

茫然と立ち尽くす義成であったが、大きな雷鳴が轟いたものだから我に返った。

「こ、心海さん」

焦って周囲を見回し、自分が脱いだものと彼女のシャツを拾いあげる。急いで小屋の外に出たとき、稲妻がきらめいて辺りを明るく照らした。

それから一秒と経たずに、

ゴゴゴゴゴ――。

地響きに似たいかずちが、山の空気を振動させる。バシャーンと、何かが破裂したような音も聞こえた。かなり近いところに落ちたらしい。

　これはまずいと、義成は坂道を駆け下った。心海が雷に打たれたら大変だ。激しい雨はやむ気配がない。道には幾筋もの流れができて、川の中を走っているようだった。

「心海さーん！」

　声を張りあげて呼んでも、雨音と雷鳴にかき消される。前方に目を凝らしたが、誰の姿も見えなかった。

（おれがあんなことをしなければ――）

　激しい自己嫌悪で泣きたくなったとき、

「うわっ！」

　泥に足を取られてすべり、義成は一回転しそうな勢いで派手に転んだ。背中を強く打って、呼吸が数秒止まる。

「ぐううううう」

　痛みと苦しさに呻き、それでもどうにか起きあがる。落として泥だらけになった衣類を胸に抱え、転んだ拍子に捻った足を引きずるようにして、フラつきながらふもとを目指した。

（ごめん……ごめんよ、心海さん）

胸の内で謝り続けると、天が情けをかけたか雨が弱まる。どうにかふもとについたとき、停めてあったはずの車はそこになかった。

（そんな……）

力が抜けたところで雨がやみ、空が明るくなる。

上半身裸のまま、義成はしばらくその場に佇んでいた。間もなく陽が射したものの、太陽がざまあみろと嘲(あざけ)っているかに感じられ、気分は少しも晴れなかった。

3

日が暮れる前に、濡れネズミで家に辿り着く。心海が運転していたボックスタイプだけでなく、軽トラックも車庫に入っていた。

玄関に入ると、母親が現れた。

「まああ、そんなに濡れて。どこへ行ってたんだい？」

あきれた顔を見せられて、義成はホッとした。次男坊が長男の嫁と出かけていたことを、彼女は知らないのだ。

「いや……ちょっと散歩に出たら、雨に降られちゃって」

「雨宿りをすればいいじゃないか」

「うん、そうだね……心海さんは？」

「台所だよ」

夕飯の支度をしているらしい。義母より先に帰り、着替えも済ませたのだろう。

「ほら、シャワーを浴びなさい。着替えは出しておくから」

「うん、そうするよ」

その場で靴下を脱いで、義成は裸足でぺたぺたと脱衣所に向かった。

濡れたものを洗濯機へ放り込むときに確認すると、心海が穿いていたジーンズがあった。他に洗濯用のネットもあったから、下着はその中だろう。持ってきた彼女のシャツも、自分のものと一緒に入れた。

シャワーで雨と汗と泥を流しながら、心海が母親に告げ口しなかったことを感謝する。だが、これからのことを考えると、気が重くなった。

(怒ってるよな、絶対に)

いや、その程度で済むとは思えない。やめてと言われたのに、痴漢まがいに下着の中までまさぐったのだ。嫌われて、二度と口を利いてもらえないに違いない。

後悔に苛まれ、全身がやたらと気怠くなる。立っているのも億劫だった。

それが心の重荷のせいでないとわかったのは、風呂から出て、母親が用意してくれた下着と浴衣を身に着けたあとだった。

「ちょっと、どうしたの？　顔が赤いじゃない」

居間にいた母親に指摘されて、ようやく熱っぽいことに気がつく。雨に打たれて風邪を引いたらしい。しかも体温を測れば、四十度近かった。

「あんたはこっちへ帰ってきて、熱を出してばかりだね」

やれやれという顔を見せながらも、母が客間に蒲団を敷いてくれる。そこへ横になるなり、義成はたちまち眠りに落ちた。

ところが、高熱のせいで安眠などできない。地獄の釜で煮られる類いの悪夢ばかりを見て、一時間ごとに目を覚ました。

夕食には遅い時刻にお粥を運んできたのは、母親だった。作ったのは心海だと、ひと口食べてすぐにわかる。自分で持ってこないのは怒っているからなのだと気になって、義成は半分も残してしまった。

汗で湿った下着を取り替え、再び眠りにつく。次は深夜に目が覚めた。部屋の中には自分だけ。やけに静かで、闇の中に溶け込む心地がした。

（このあいだは、心海さんが看病してくれたのに）

今夜は寝込んでから、一度も顔を見ていない。もしかしたら、眠っているあいだに来たのかもしれないが、そうであってほしいという願望に過ぎなかった。

心海の笑顔を浮かべると、無性に泣けてくる。声こそ出さなかったけれど、涙がボロボロとこぼれた。

（おれ、こんなに心海さんのことが——）

恋慕の想いが先走って、取り返しのつかないことをしてしまった。会いたいけれど、合わせる顔がない。

そのまま、子供みたいに泣き疲れて眠る。目を覚ましたときには、カーテンの向こうが明るくなっていた。

（……朝か）

何時頃だろうかとぼんやり考えたとき、襖がすっと開いた。

「あ——」

思わず声を洩らし、胸を熱くする。お盆を手に入ってきたのは、心海だったのだ。

（心海さんが来てくれた！）

嬉しくて、思わずからだを起こしかけたところで、彼女の表情が強ばっていることに気がついた。

「もう十二時よ」

素っ気なく言われて、ふくらみかけた気持ちがたちまち萎む。明らかに、まだ怒っているのだ。その証拠に、

「熱はどう？」

訊ねるだけで、額に手も当ててくれない。このあいだは、おでこ同士をくっつけることまでしたのに。

「あ、うん……たぶんだいじょうぶ」

義成は怖ず怖ずと答えた。からだの怠さは残っているが、熱っぽさはない。

「そう」

うなずいて、心海が蒲団の脇に膝をつく。畳の上に置かれたお盆には、にゅうめんと煮物が載っていた。

「前に言ったけど、お母さんとわたしは、これから渋川の叔父さんのところへ行くから。帰りはあしたの昼前になると思うわ」

渋川の叔父とは母親の弟で、婿養子になった先の義父が昨年亡くなっていた。その一周忌の法事があると、一昨日の晩に聞かされていたのだ。心海とふたりで行って、遠いから一泊してくるとも。

「うん、わかった」

「今夜のご飯は作ってあるけど、あしたの朝は自分で何とかしなさい。昨日今日みたいに、昼まで寝ているのならいらないかなと思って、用意してないから」

「うん……たぶんいらないと思う」

「とにかく、熱がぶり返さないように、ゆっくり休んで治しなさい」

いたわりの言葉も、口調が冷淡だから責められているみたいに感じる。義成は自然と首を縮めた。

「わかりました」

丁寧に返答すると、心海が「それじゃ」と立ちあがる。すぐに出ていきそうだったものだから、

「あ、あの」

義成は焦って声をかけた。言うべきことを、少しもまとめないで。

「え、なに？」

「えと――」

懸命に知っている言葉をほじくり返す。口から出たのは、ごく単純な謝罪であった。

「昨日はごめん」

告げた瞬間、彼女の表情が強ばる。まるで、思い出したくないと非難するみたいに。

「……許せると思う？」

冷たい目での問いかけに、自己嫌悪がぶり返した。

「ううん」

力なく首を振って目を伏せると、心海が早足で部屋を出る。襖を閉める直前、

「もう怒ってないわ」

口早に言ったのが聞こえた。

「え？」

義成が驚いて見あげたとき、襖がぴしゃりと閉まった。


にゅうめんを食べ、車のエンジン音が遠ざかるのを耳にしたあと、ひと眠りする。

次に目覚めたのは、午後三時近かった。

（……もうだいじょうぶだな）

さすがに気力充実というところまで快復しなかったものの、少なくとも起きるのに支障はない。熱を測ると、完全に下がっていた。

蒲団の脇に置きっぱなしだったお盆を手に、台所へ行く。洗い物をシンクに入れ、

なのだ。

戸棚や冷蔵庫の中を確認すると、ラップをかけた器がいくつもあった。夕飯のおかずだった。

(こんなに作ってくれたのか)

ガス台の鍋には味噌汁もある。すべて義成が好きなものばかりだった。

『もう怒ってないわ――』

心海の言葉が蘇(よみがえ)る。確かに、まだ怒っていたのだとしたら、ここまで用意してくれなかったであろう。

(やっぱり優しいな、心海さんは……)

とは言え、完全に元通りとは言い難い。彼女の中にもわだかまりが残っただろうし、去るときにも笑顔を見せてくれなかった。

すべて自分のせいなのだ。

シャワーでざっと汗を流してから、義成は服を着た。心海にはゆっくり休むよう言われたが、もう一度蒲団に入るほどでもなかった。

それに、ひとりで家の中にいたら、あれこれ考えてまた落ち込む気がした。

(散歩でもしようか)

気晴らしのつもりで外へ出る。

蒼い空がやけに高く、掠れた雲が残像みたいに浮かんでいた。晩秋の涼しい空気が、病み上がりの身にはむしろ心地よい。

「んー」

家の庭先で、義成は腕を高く挙げて伸びをした。

それにしても、帰省して三晩過ごしたうち、二晩も熱を出して寝込むなんて。三十代も半ばになって、体力が衰えたというのか。

そのわりに、下半身は元気なのである。旧友の妹を相手に二度も射精したばかりか、欲望に任せて兄嫁を襲ってしまったほどに。

余計なことまで思い出して、落ち込みそうになる。明日、心海が帰ってきたら、もう一度ちゃんと謝らなければならない。

（ていうか、まだ兄貴の見舞いに行ってないんだぞ）

思い出し、我知らず顔をしかめる。

今夜を入れてあと三晩、こっちにいる予定である。東京に戻るのはしあさってだ。

見舞いに行けるのは明日と明後日しかない。

（心海さんと母さんが帰ってくるのは、あしたの昼って言ってたな）

遠出して帰ったあとだから、もう出かけないかもしれない。そうなると、見舞いは明後日だろうか。

（いや、べつに、ひとりで行ってもいいんだよな）

あんなことがあったあとだ。心海は病院までつれて行ってくれないだろう。義成も、彼女と一緒に兄と会うのは気まずかった。

ならば、これから出向けばいいのではないか。

車庫を見ると、軽トラックが残っていた。ふたりはボックスタイプで出かけたようである。おそらく心海の運転で。

軽トラックは、前にも運転したことがあった。運転席の前に出っ張りがなく、視点も高いから意外と運転しやすかった。

これで病院へ行こうと、一度家の中へ戻る。財布を持ち、玄関の靴箱の脇に掛けてあったキーを手に、車庫へ向かった。

エンジンをかけ、軽トラをゆっくりスタートさせる。道路に出て、最初は制限速度以下で走らせた。

（……うん、だいじょうぶだな）

程なく運転のコツを思い出し、徐々にスピードを上げる。順調にいけば、病院には三十分ほどで着くはずだった。

ところが、五分も走らせないうちに、アクセルを踏む力が弱まる。

（どうしようか――）

幸一と顔を合わせることに、ためらいを憶えたのだ。

会って話をしたい気持ちはある。だが、心海にしたことを考えると、自分に兄を見舞う資格があるのかと思えてきた。何しろ、彼の奥さんを襲ったのだから。

もちろん、幸一はそんなことは知らないはず。心海が電話なりして、告げ口をしたとは思えない。よって、弟が訪ねれば歓迎してくれるであろう。

だからこそ、素知らぬ顔をして会うのは卑怯だと思えた。

ならば、あったことをすべて打ち明け、謝罪すればいいのか。けれど、そっちはもっとできない。兄弟のあいだに、修復しがたいミゾが生じるのは確実だ。

しかし、義成はすべてをなげうってでも、心海と一緒になろうとしたのだ。そうなったら、それこそ兄とは断絶するしかないのである。

いったい自分はどうしたいのだろう。誰も傷つかずに欲しいものを手に入れるなんて、虫のいいことを考えていたのか。そんなこと、無理に決まっているのに。

頭の中がごちゃごちゃして、また熱が出そうになる。思考能力がないのに考えすぎるから、脳がオーバーヒートを起こして高熱を出すのだ。

などと自虐的になったことで、ますます病院へ行く気が失せてしまった。

(……やっぱり帰ろう)

考え直したとき、はるか前方の人影に気がついた。

「あれ?」

思わず声が洩れたのは、こんな場所に相応しくないシルエットだったからだ。

田園風景を貫く県道の、路側帯をこちらへ向かってくるのは、濃いピンク色のキャリーバッグを引いた女性である。タイツこそ穿いているがミニスカートで、羽織っているショートコートなど、いかにもお洒落な装いだ。田舎の景色の中で、ひどく浮いている。

距離が近くなると、けっこう若い子だとわかった。彼女は軽トラに気がつくと、手を挙げて合図をする。

義成は脇に停車した。

(迷子なのかな?)

などと考えたのは、運転席を見あげた彼女が小柄で童顔だったからだ。

「どうかしたの?」

訊ねると、若い娘が疲れ切った面持ちで質問をする。

「あの、ここってどこなんでしょうか？」

どうやら本当に迷子らしい。義成は戸惑いつつ、「〇〇町だけど」と答えた。

「〇〇町……ここって東北でしょうか？」

「関東だよ。××県」

「え、まだそんなところなんですか!?」

彼女はあからさまにがっかりした顔を見せた。

「どこまで行く予定なの？」

「決まってないんです」

「え？」

いったいどういうことなのか。まだ若いのに訳ありのようで、放っておけなくなる。間もなく日が落ちるし、人通りもないところで暗くなったらどうするつもりなのか。

もっとも、彼女のほうもそれが気がかりらしい。

「このあたりにホテルってありませんか？」

「ホテル……隣町の駅前に、ビジネスホテルが一軒あったと思うけど」

「隣町って、どっちの方角ですか？」

「君が来た方だよ」

「それじゃ、引き返さなくちゃいけないんですね」

うんざりした顔は、もう一歩も動きたくないと訴えている。もちろん徒歩で行ける距離ではないが、そちらへ向かうバスは、だいぶ待たないと来ないはずだ。

「泊まるところを探しているの？」

「はい」

「だったら、ウチに泊まるかい」

言ってから、さすがに了承しないよなと思う。見知らぬ男に声をかけられ、ほいほいとついて行くような、警戒心のない子には見えなかったのだ。

ところが、彼女はかなり切羽詰まっていたらしい。

「はい、是非お願いします！」

藁(わら)にも縋(すが)る顔つきで頭を下げられ、義成の方が面喰らった。

4

軽トラの助手席に坐ると、彼女は永井真菜(ながいまな)と名乗った。大学四年生で、東京から来たという。どおりで垢抜けていたはずだ。

もっとも、郷里は北陸とのことであった。

(大学四年生ってことは、二十二歳かな)

ぱっちりした目が印象的な彼女は、それよりも幼く見える。サークルの飲み会で居酒屋に行っても、身分証の提示を求められるのではないか。

「大学四年ってことは、もう就職は決まったんだね」

深く考えもせず断定したのは、進路が決まって解放されたから、こうして旅行に出たのだろうと思ったからだ。ところが、真菜は暗い顔で俯いた。

「いいえ、まだです」

この返答に、義成は驚いた。

(え、だいじょうぶなのか？)

間もなく冬なのである。卒業までまだ四ヶ月ほどあるとは言え、大したところは残っていまい。それこそ、悠長に旅行などしている場合ではないはずだ。

程なく家に着く。軽トラを停め、先に降りた義成は、荷台に積んだキャリーケースを下ろした。

「ここだよ」

真菜は車外に出ると、田舎町の一軒家を興味深げに眺めた。

「あー、何だか、懐かしい感じがします」

などと感想を述べたところを見ると、彼女の郷里も北陸の寂れた町で、実家も似たような佇まいなのだろうか。同じく農家で、家の車も軽トラだとか。

だからこそ、義成を警戒することなく、誘いに乗ったのかもしれない。

「内村さんは、ここにおひとりで住んでいるんですか？」

他に誰かがいる様子がなかったからか、真菜が首をかしげる。

「いや、そうじゃないよ。おれも今は東京住まいで、休みが取れたから帰省してるだけなんだ」

「え、そうなんですか」

「ここには兄貴夫婦と母親が住んでいるんだけど、兄貴は腰を痛めて入院してるし、兄貴の奥さんと母さんは、親戚の法事へ行ってるんだ」

「ふうん」

なるほどという顔をした彼女を、家の中に迎える。居間に通し、お茶でも出そうかと、義成は台所へ下がった。急須や茶筒を用意したところで、冷蔵庫の中にオレンジジュースがあったのを思い出す。

（まだ若いから、冷たい飲み物のほうがいいかな）

どっちがいいか確認しようと居間に戻った義成は、「ねえ――」と声をかけるなり目が点になった。

(あれ、どこだ?)

座卓の脇にいたはずの真菜が、忽然と消えていたのだ。

家には義成がひとりだけと知って危機感を覚え、こっそり退散したのか。しかし、キャリーケースが残されている。

トイレかなと思ったとき、寝息のような息づかいが聞こえた。

「あれ?」

座卓の向こう側に回って、なんだと脱力する。真菜は座布団の上でからだを小さく丸め、スースーと気持ちよさそうに眠っていたのである。

(よっぽど疲れてたんだな)

旅行の目的はまだ聞いていないが、かなり歩いたのかもしれない。そのため、休めるのならどこでもかまわないと、内村家まで来たのだろう。

横臥した彼女のミニスカートの、おしりのほうが少しめくれている。厚手のタイツを穿いていたが、中の白い下着が薄らと透けていた。

顔を近づけて観察したい衝動がこみ上げる。義成が思いとどまったのは、すみれのことを思い出したからだ。

（まあ、この子はわざと見せているわけじゃないだろうけど）

義成は隣の納戸から毛布を持ってくると、そっと真菜に掛けてあげた。暑くならない程度にヒーターも点けて、静かに居間を出たのである。


日が暮れて、心海がこしらえた味噌汁やおかずを温めていると、台所に真菜がやって来た。

「すみません……わたし、眠ってたみたいで」

申し訳なさそうに頭を下げつつも、食卓に並んだ料理の数々に目を輝かせる。お腹も空いていたらしい。

「これ全部、内村さんが作ったんですか？」

「まさか。心海さ――兄貴の奥さんがこしらえてから出かけたんだよ」

「あ、そうなんですか」

「それじゃ、坐って」

「はい。あ、わたしもお手伝いします」

家庭できちんと躾けられたのか、彼女はご飯と味噌汁をふたり分よそった。

「それじゃ、いただきます」

「いただきます。あー、ホントに美味しそう」

やはり空腹だったようで、真菜は旺盛な食欲を見せた。多めに作ってあったおかずに遠慮なく箸をつけ、ご飯も味噌汁もおかわりをする。

食事をしながら、義成は童顔の女子大生に旅行の目的を訊ねた。すると、

「特に目的っていうほどのものはないんですけど」

彼女は照れくさそうに舌を出した。

「わたし、一流企業に勤めて安定した収入を得ようと考えて、就活をしていたんです。でも、受けたところにことごとく門前払いされて焦るうちに、気がついたらどこでもいいっていうぐらいに、あちこち受けまくっていたんです」

真菜の就活報告を、義成はうなずきながら聞いた。自分もそうだったなと、共感を覚えていたのだ。あの頃は、とにかく心海を東京へ呼びたい一心で、就職試験や面接に明け暮れていた。

「それで、このあいだ疑問を感じたんです。自分は、本当は何をしたいんだろうって。これまで受けた会社を並べてみたら、見事に業種も職種もバラバラで、このまま就活を続けていたら、人生そのものを見失う気がしたんです」

「うん……」

「だから、こんなことを言ったら青くさいって笑われるかもしれませんけど、自分を見つめ直すっていうか、自分探しの旅に出ることにしたんです」

青くさいとは感じなかった。むしろ、就職や生き方を真面目に考えているとわかり、応援したくなった。

「そっか。だからどこへ行くのか決まってなかったんだね」

最初に聞かされたことを思い出し、義成は納得した。

「はい。とにかく、どこでもいいから遠くへ行きたくて、乗り放題の切符を買って、行き先とか確認しないで、その場の気分だけで電車を乗り継ぎました」

「いつ出発したの？」

「今朝です」

まだ一日目なのかと、義成は少々あきれた。疲れて空腹の様子だったし、二、三日は旅をしているのではないかと思ったのだ。

「わたしは、北を目指してたつもりだったんです。フリー切符だと特急は乗れないから、普通電車を乗り継いで。それで、いい感じに寂しげな景色が窓から見えたから、東北辺りまで来たのかなと思って電車を降りて、ちょうどバスが出発するところだったので、行き先も見ないで乗ったんです」

　かなり乱暴な旅をしてきたようだ。自分探しはできるかもしれないが、道は間違いなく見失うだろう。

「そうしたら、バスがいつの間にか何もないところを走っていたものですから、引き返したほうがいいかなと思って降りたんです。だけど、反対方向のバスがなかなか来なくて、だったら乗ってたバスが向かっていた方に行こうと思って歩いていたら、運よく内村さんに拾っていただいたんです」

　無茶ができるのは若さの特権ながら、自分の能力に見合った無茶をしないと大変なことになる。真菜の場合、的確な判断ができていたとは言い難いし、関東なのに東北と思い込むなど、方角と距離の感覚に問題がありそうだ。

（だいたい、東京ならいざ知らず、こんな田舎町で行き先も見ないでバスに乗るなんて、無茶がすぎるよ）

　何もない場所で置き去りにされ、しかもそれが終バスという可能性がゼロではない。今の季節では野宿も無理だし、そもそんな装備は持っていないであろう。

「内村さんからここが関東だって教えられて、本当にがっかりしました。もう本州の最北端まで来たんじゃないかって気がしてましたから」

　普通電車を乗り継いで、一日でそこまで進むのは不可能だろう。やはり距離感に問題がありそうだし、方向音痴の気もあるのではないか。

「まあ、駅に停まったら地名か、せめて県名ぐらいは確認したほうがいいだろうね」

　やんわり注意すると、真菜は素直にうなずいた。

「はい。とっても身に染みました」

　きちんと反省ができるようだし、もう同じミスはやらかさないだろう。そう期待したのであるが、

「でも、こうして美味しいご飯を食べることができたので、結果オーライです」

　無邪気な笑顔を見せられ、義成はやれやれと嘆息した。

「そう言えば、内村さんは東京にお住まいなんですよね。どんなお仕事をされてるんですか？」

「ああ、信用組合だけど」

「じゃあ、最初から金融関係に絞って、就職活動をなさったんですか？」

「いや、そういうわけじゃないけど――」

　迷ったものの、義成は思いきって、東京で就職するに至った経緯を話した。好きな女の子を呼ぶために、生活基盤を築く必要があったのだと。

その相手が今の兄嫁だとは、もちろん言えなかった。ただ、部活の先輩であることは正直に伝えた。

そこまで打ち明けたのは、自分の行動が女性から見て、共感できるかどうか知りたかったためもあった。もしかしたら単なる一人相撲に過ぎず、それこそ心海にすれば、どうしてそこまで本気になったのか理解に苦しむのかもしれないからだ。

「あー、それは無理があると思います」

案の定、真菜は賛同しづらいという面持ちを見せた。

「それって、ちゃんと約束しなかったからってこと？」

「えと、仮に約束しても、ずっと待つ女性はそんなにいないんじゃないでしょうか」

「え、どうして？」

「女性は男性よりも現実的だから、いつ叶うかわからない約束よりも、目先の幸せを取ると思うんです」

自分探しの旅に出るような女子大生から、現実的なんて言葉が出るとは予想外であった。むしろ、一途な恋心に共感してくれるものと思ったのに。

（つまり、おれは現実的じゃなくて、ロマンチックな人間だっていうのか）

しかし、ロマンは女性の専売特許ではないのか。

「幼い頃の約束を一途に守って、大きくなってから結ばれるっていうのは少女漫画の定番ですけど、ああいうのは現実にはあり得ないから、漫画だと面白がってもらえるんですよ。そういう大恋愛は、現実には皆無だとは言いませんけど、滅多にあることじゃないですよね」

「……まあ、確かに」

「あと、その先輩さんは、内村さんのことを弟みたいに感じてたんじゃないですか？」

真菜の言葉にドキッとしたのは、現実に義理の弟になっていたからだ。

「お、弟って？」

「女の子って、同い年の男子でも、子供っぽく感じるんです。十代の頃は特に。ですから、そもそも対等な男女として見ていなかったのかもしれませんよ」

「つまり頼りないってこと？」

「そうですね。ほら、結婚する相手って、男性が年上の場合が多いじゃないですか。あれでやっと釣り合いが取れるんですよ」

見た目童顔の女子大生でも、同世代の男を子供っぽいと感じているのか。

確かに、自分は頼りがいのある男かと自問自答した場合、自信を持ってそうだと断言できない部分がある。何しろ、いい年をして、欲望のまま心海を襲ったのだから。

「だからと言って、その先輩さんは、内村さんをからかったわけじゃないと思うんです。たぶん、タイミング的にうまくいかなかっただけなんですよ」

「そうなのかな……」

「だから、絶対に恨んじゃいけませんよ」

年下の女の子にたしなめられ、義成は「そうだね」と首肯した。だが、納得できないところもあった。

(だったら、どうして心海さんは、おれにあんなことをしたんだよ)

引っかかるのは、彼女にペニスを愛撫された件だ。あのせいで心が乱されたのである。

だからと言って、眠っている男を射精させるのはどんな心理なのか、純情そうな女子大生に質問できるわけがなかった。

食事が済むと、真菜が洗い物をさせてくださいと申し出る。そちらは彼女に任せて、義成は風呂の準備をした。もっとも、浴槽は洗ってあったし、自動給湯のボタンを押すだけだったのであるが。

真菜は食器を洗っただけでなく、シンクのゴミを捨てて磨き、食卓も綺麗に拭いた。

やはり躾がしっかりされているようだ。

「お疲れ様。風呂に入っていいよ」

長旅で疲れて、早く汗を流したいだろうと声をかける。ところが、

「内村さんが先に入ってください」

と、一番風呂を遠慮された。

「いや、永井さんはお客様なんだから」

「わたしは内村さんに助けていただいて、お世話になった身なんです。先にお風呂までいただいたら、罰が当たります」

若さに似合わぬ古めかしい言葉遣いで固辞される。これも両親の躾の成果なのか。

だったら、さっさと済ませて彼女に譲ればいい。

「それじゃ、お先に」

義成は着替えを持ち、脱衣所へ向かった。

「ふうー」

熱めの湯に肩までつかり、天井を見あげる。昨夜も熱を出して入浴できなかったせいか、からだの内部に溜まっていた不純物が溶け出す感じがした。

(……弟か)

真菜の言葉を思い返し、ため息をつく。実際に義理の弟だからというばかりでもなく、確かに心海の接し方は、弟を可愛がる姉のそれであるように思えた。

しかし、だったら尚さら、性的な施しなど御法度のはず。近親相姦の願望でもあれば別であるが。

(そう言えば、心海さんにはきょうだいがいないんだよな)

もともと弟がほしかったのだとすれば、東京へ呼ぶなんて後輩に告白されても、可愛いことを言うのねぐらいにしか感じなかったのではないか。要するに、ひとりの男として見られていなかったのだ。

それはおそらく、今も変わっていない。

だからこそ、襲われたことを誰にも口外せず、やんちゃすぎる弟にあきれるだけの振る舞いを示したのかもしれない。気分をかなり害したはずなのに、律儀にも食事を作ってくれたりとか。

あんなことをしでかして、大事にならなかったのは幸いながら、素直に喜べない。一途な恋心が、決して伝わることはないと宣告されたにも等しいからだ。

「心海さん……」

名前をつぶやくと悲しみが溢れ出し、視界がぼやける。こぼれそうになった涙を、義成はお湯で顔を洗って流した。

そのとき、浴室の戸がノックされる。

「内村さん――」

呼びかけられ、義成はドキッとして身を強ばらせた。真菜の声だ。

「あ、うん。なに？」

「わたしも入りますね」

「え!?」

どういうことかと混乱する目の前で、引き戸がカラカラと開かれる。現れた白いボディに、義成は目を疑った。

(え、なんだ？)

期待したわけではないものの、てっきり素っ裸で闖入されると思ったのである。ところが、乳房も秘められたところも、肝腎なところはまったく見えなかった。

彼女は、下着をつけたままだったのである。

小柄な女子大生は、着やせするタチらしい。全体にむっちりしており、抱き心地がよさそうにふくふくしていた。ウエストは相応にくびれているが、食事をしたあとでぽっこりしたお腹が、パンティのゴムにのっているのがほほ笑ましい。

下着は上下とも白で、今どき中学生でも着ないようなシンプルなものだ。そのため、肌を晒されていても、あまりセクシーだとは感じなかった。

ともあれ、どうしてそんな格好で入ってきたのかと思えば、

「背中を流させてください」

と、意外な申し出があった。

「え、背中？」

「お世話になったんですから、そのぐらいのことはさせてください」

一宿一飯の恩義を、奉仕で返すつもりらしい。それにしても、男の前で下着姿を晒して平気なんて、見た目そのままに感覚も幼いのだろうか。

「いや、みんないないから泊めただけなんだし、気を遣う必要はないよ」

若い娘にそんなことまでさせるのは、こちらが申し訳ない。断ったものの、彼女は納得しなかった。

「いいえ。是非やらせてください」

詰め寄られ、義成は渋々了承した。それで気が済むのなら、やらせてあげようというぐらいの気持ちで。

「それじゃあ、お言葉に甘えてお願いするよ」

「はいっ」

嬉しそうに白い歯をこぼした真菜に、不覚にもときめきそうになる。妙な気を起こすなよと自らに言い聞かせ、義成は浴槽から出た。股間を両手でしっかりと隠して。

浴用椅子に腰掛けると、真菜がいそいそと準備をする。濡らしたタオルにボディソープを取って泡立てると、肩からこすり始めた。

「ああ……」

思わず声を洩らしたのは、殊のほか快かったからだ。

「気持ちいいですか？」

「うん、すごく。家とかでもしてるの？」

「はい。昔からけっこうやってました。帰省したときには、今でもお父さんの背中を流すことがありますよ」

真菜はもともと世話好きのようだ。彼女の父親も、この年になったらさすがに一緒の入浴はしないまでも、可愛い娘から背中を流され、喜んでいることだろう。

義成の娘は十歳である。背中を洗ってあげることはあっても、逆はない。

そろそろからだつきが丸みを帯びてきた感がある。しかし、まだまだ子供だ。彼女のほうから、パパと一緒にお風呂に入りたいと誘ってくる。

妻のほうは、そんなとき渋い顔を見せる。ひとりでできちんと洗えるようにならなくちゃ駄目でしょと、お説教めいたことを口にする。実は、年頃になりつつある娘が、夫の前で裸になることに抵抗があるのではないか。

（まさか、自分の子供に嫉妬してるわけじゃないよな）

自分は抱いてもらえないのに、娘ばかりがスキンシップをしてもらえて面白くないのだとか。

（いや、さすがにそれはないか）

思い直し、快い奉仕に身を任せる。肩や背中に添えられる、柔らかな手指の感触にもうっとりさせられた。

我が子のことを思い出したからか、娘に世話をされるような気分にひたる。とは言え、そこまで年は離れていない。真菜が二十二歳なら、十三歳差である。全裸を晒しても恥ずかしくないのは、年齢差も影響しているのだろう。

（本当に気持ちいいな）

快さにひたる義成の脳裏には、別の場面が浮かんでいた。熱を出して寝込んだ晩、汗で湿ったからだを心海に拭いてもらったときのことが。

あのときも献身的に奉仕されたから、自然と思い出されたのか。いや、そればかりではない。指が肌に触れると、妙にムズムズするのが似ていたのである。

（あんなに優しくしてくれた心海さんに、おれはなんて酷いことを——）

甘美な夜の記憶が蘇っても、自らの過ちを悔やんだために性的な昂奮は覚えなかった。おかげで股間の分身が変化しなかったのは、幸いであったろう。

最後に、タライのお湯を肩からかけられる。

「はい、終わりました」

真菜に言われ、義成は「ありがとう」と礼を述べた。もっとしてほしかったなと、贅沢なことをチラッと思う。

「じゃあ、よくあったまってください」

「あ、うん」

腰を浮かせ、再び浴槽に身を沈める。流してもらった背中から、ぬくみがいっそう染み渡るようだった。

「あん、ブラが濡れちゃった……」

真菜のつぶやきが聞こえる。最後にお湯をかけたとき、飛沫が飛んだのだろうか。

そちらに目を向けなかったのは、下着が濡れたところを見るのはエチケット違反だと思ったからだ。透けるほどではなくても、こういうときは知らないフリをするものである。

「んしょ」

小さなかけ声が耳に入り、怪訝に思う。彼女が立ちあがる気配もなかったから、何をしているのか気になった。

横目でそっと窺うなり、心臓がバクンと大きな音を立てる。

（ええっ!?）

なんと、真菜がブラジャーをはずし、丸いおっぱいがあらわになっていたのだ。さらに、彼女はパンティにも手をかけ、しゃがんだまま**つるりと剝きおろす。

義成は焦って視線を戻した。熱い風呂につかっているためか、心臓の鼓動がますます大きくなる。

（なんだって裸になるんだ？）

まったく訳がわからない。濡れた下着を脱ぐのなら、風呂場を出てからすればいいのに。

全裸になった真菜は前に進み、シャワーを手に取った。からだをざっと流し、股間は丁寧に清める。見ちゃいけないと思っても、視界に入ってしまった。

（流し湯をしてるみたいだぞ）

ということは、風呂に入るつもりなのか。だったら早く上がらなくてはと焦ったものの、すでに遅かった。

「わたしも入りますね」

浴槽の脇に立った彼女が、決定事項のように告げる。横目で見あげるなり、デルタゾーンに張りつく恥叢(ちそう)がまともに見えたものだから、慌てて顔を背けた。

「い、いや、でも——」

拒む間も与えず、脚がちゃぽんと入ってくる。義成は尻で後ずさり、前を空けた。

浴槽は、いちおうふたりが入れる程度の大きさはある。真菜は背中を向けてしゃがみ込み、丸まるとしたヒップが目の前でお湯に沈んだ。

気がつけば、すぐ前に彼女の後頭部があった。

(嘘だろ……)

とても信じ難いものの、これは現実なのだ。

体勢としては、ふたりが同じ方を向き、義成が背後からくっつくかたちである。腕は真菜に触れないよう、脇のところで縮めていた。

彼女のおしりは、義成の脚のあいだにある。浴槽の幅はそこまで広くないため、膝の内側がウエスト部分を挟んでいた。

肌の柔らかさとなめらかさに加え、オールヌードの若い娘と一緒に風呂につかっているという事実が、否応なく昂ぶりを生む。髪や肌が漂わせる甘い香りもなまめかしく、海綿体に血液が集まる兆しがあった。

（こら、勃つな）

義成は懸命に理性を振り絞った。

もしかしたらこの子は、今でも父親と入浴することがあるのだろうか。そうでなければ、ここまでできないのではないか。

とは言え、自分たちは親子ではない。そのため、義成は凍りついたみたいに身を強ばらせていたのである。

「手を前にもらえますか？」

女子大生が振り返ることなくお願いする。

「え、前にって？」

「お願いします」

意図がわからぬまま、とりあえず彼女の脇に手を通す。すると、いきなり手首を摑まれ、ぐいと引っ張られた。

「え？」

驚いて、反射的に手を引っ込めようとしたものの、それより早く白い背中が迫ってきた。

(わわわっ!)

どうすることもできぬまま、背中がからだの前に密着する。若い肌の感触を、お湯の中とは言えダイレクトに受け止め、頭に血が昇った。

「あー、こうすると安心します」

真菜は義成の手を交差させ、お腹のところを抱くようにさせる。さすがにいきなり胸を揉ませるなんて、はしたない真似はしなかった。

それでも、裸の女子大生と身を重ね、冷静でいられるはずがない。こんなふうに心海を抱きすくめたことまで思い出し、悩ましさが募る。

もはや股間の充血は抑えようもない。ペニスが限界まで膨張した。

「やん」

小さく声を洩らした真菜が、悩ましげにヒップをくねらせる。尾てい骨の上あたりに押しつけられた、硬いものを感じたのではないか。

だが、それについては何も言わず、「ふう」と息をつく。

「……ホントはわたし、大学を卒業したあと、就職する予定じゃなかったんです。まあ、一年以上も前の話ですけど」

　唐突な告白に、義成は面喰らった。

「え、どうするつもりだったの？」

「お嫁さんになりたかったんです。そのとき付き合っていた、一年先輩の彼氏と」

　今どき永久就職志望とは珍しい。彼女が家庭的で尽くすタイプなのは、親の躾ばかりでなく、花嫁修業をしていたからかもしれない。

「だけど、彼は将来のことを、真面目に考えていなかったんです。わたしをお嫁さんにするって約束したのに、就活も適当で。自分には才能があるから一流企業に雇ってもらえるはずだとか、夢物語みたいなことを言ってました」

　うんざりした口調には、その彼氏に愛想が尽きたという気持ちばかりでなく、本当は結婚したかったのにというやるせなさも含まれているようだ。

「結局、彼は就職できなくて、今はフリーターです。まあ、わたしは早めに見切りをつけて、一年前に別れたんですけど。ホント、男のひとっていくつになったらちゃんとした大人になれるのかって、あきれちゃいました」

　女性は同世代の男が子供っぽく感じられるものだと、真菜は夕食の席で話した。あれは、彼女自身の実感も込められていたらしい。

「だから、好きなひとを東京へ迎えるために一所懸命勉強して、就職もちゃんとした内村さんは、とても立派だと思います。もしもわたしが内村さんの好きな女性だったら、感激してきっとお嫁にいったと思いますから」

「ん……ありがとう」

「とにかく、わたしはその彼氏で懲りて、自分ひとりでも食べていけるように、就活を頑張ったんです。だけど、社会に出るのって簡単じゃないですね。全然うまくいかなくて、こうして旅に出ることになったんですから」

真菜がクスンと鼻をすする。

「わたし、自分探しの旅だって言いましたけど、本当は逃げただけかもしれません。行き詰まって、どうすればいいのかわからなくなって、とにかく楽になりたかったんです」

「でも、そういうのって、大事だと思うよ」

話を聞くあいだに落ち着きを取り戻し、義成は静かに語った。

「無理をしてもいいことはないし、あまり自分を追い込まないほうがいいと思うんだ。もちろん努力することは必要だけど、永井さんは何でも真面目に考えるタイプに見えるから、適度に息抜きをしないと苦しくなるばかりだよ」

「……わたし、そんなに真面目じゃないですよ。いい加減なところとか、いっぱいありますから」

「そうやって妥協しない自己分析ができるのは、真面目な証拠だよ。だいたい、真面目じゃない人間は、自分のことを真面目じゃないとは卑下しないから。逆に、けっこう真面目だなんて、思いあがるものだよ」

「そうでしょうか？」

「そうさ。とにかく、就職だってきっとうまくいくよ。今年が駄目なら、来年取り返すぐらいの気持ちでいたほうがいいんじゃないかな。困難とか挫折を経験することで、永井さんはもっともっと成長して、いい社会人になれるはずだから」

他人にお説教をする資格などないことぐらい、義成とてわかっている。自分自身が、未だに悩みっぱなしなのだから。

それでも、前途ある女子大生の力になれたらと、懸命に言葉を尽くした。

「……ありがとうございます」

真菜が礼を述べる。声音が幾ぶん明るくなったようだ。

「すごく楽になった気がします。内村さんが親身になってくださったおかげで」

「いや、おれだって悩んでばかりだし、偉そうに言える立場じゃないんだけど」

「あの、お願いしてもいいですか？」

「え、なに？」

「もう少し、ギュッてしていただけますか」

将来のことを真剣に考えている女子大生に好感を抱いたことで、迷いはなかった。

義成は腕に力を込め、苦しくならない程度にウエストを強く抱いた。

「ああ……」

真菜がうっとりした声を洩らす。一年前に彼氏と別れ、スキンシップに飢えていたのではないか。

彼女の告白を聞き、アドバイスをする中で、欲望はいつしか治まっていた。けれど、しっかり密着したことで、柔らかなヒップに触れているペニスが重みを増す。

（……まあ、いいや）

これは自然の反応なのだと、義成は為すがままに任せた。さっき、勃起したのを知られたのであり、今さら取り繕う必要はない。

すると、胴体に巻きついた腕を、そっとほどかれる。もういいのかなと思えば右手を取られ、下のほうへ導かれた。

（え？）

指先に細い藻のようなものが触れ、何を求められているのか察する。秘められたところをさわってほしいのだ。

「な、永井さん――」

焦って声をかけると、

「真菜、って呼んでください」

やけに艶めいた声でせがまれる。そのときには、女芯に到達した指が、お湯とは異なるぬくみを捉えていた。

「……真菜ちゃん」

「わたし、一年も彼氏がいなくて、寂しかったんです」

正直な告白が愛おしい。別れた彼氏とは、結婚の約束をしていたぐらいだったのだ。当然、からだの関係もあったのだろう。

「寂しいあいだ、どうしてたの？」

つい露骨なことを訊いてしまったのは、義成も昂ぶりにまみれていたからだ。

「それは――じ、自分でしました」

そこまで正直に答えるとは思わなかった。湯あたりのせいもあってか、頭がクラクラする。

「じゃあ、こういうのは久しぶりなんだね」

熱に浮かされたように告げ、恥ずかしい窪みをまさぐる。ヌルヌルした感触が、彼女の情感をあからさまに訴えていた。

「あ、あっ、内村さぁん」

若腰がビクビクとわななく。幼く見えても肉体はすっかり大人らしく敏感で、積極的でもあった。

「こ、こっちも」

突いていた左手も摑まれ、逆方向へ導かれる。目的地は、ふっくら柔らかな乳房だ。

だからと言って軽蔑はしない。むしろ正直さが愛おしい。

(なんてエッチな子なんだ)

小さな乳突起は、最初は頼りない感じだった。けれど、指で摘まんで転がすことで、たちまち存在感を際立たせる。ふくらんでコリコリと硬くなり、感度も増したようだ。

「あ、あっ、くうう」

切なげに喘いだ若い娘が、上半身を揺らす。湯面が波立ち、チャプチャプと音を立てた。

そして、右手の指が敏感な花の芽を弄ると、腰がいやらしくくねりだす。

「あふっ、ううう、そこぉ」

お気に入りのポイントであることを吐露し、ハッハッと息づかいを荒くする。煽情的な反応に、義成も劣情を著しくした。

(うう、たまらない)

若腰に押しつけられた肉根が、真菜の動きに合わせて右に左に揺さぶられる。快くも焦れったく、もっと気持ちよくしてもらいたくなった。

とは言え、まだ若い彼女には、背後の牡器官に手をのばす余裕はなさそうだ。だったら先に絶頂させてあげようと、指の動きを細やかにする。クリトリスを圧迫してこすり、乳首も強めに摘まんで愛撫した。

「いやぁ、き、キモチいいっ」

嬌声が浴室に反響する。お湯の中でまさぐられる恥割れは、粘っこい蜜を多量にこぼしていた。

(そろそろイキそうだぞ)

からだのあちこちがビクッ、ビクンと痙攣し、オルガスムスが近いとわかる。義成は両脚を真菜の膝に絡みつけ、胸を愛撫しながら抱きすくめるように密着した。

そうやって彼女が得ている感覚を見極めながら、より好ましいポイントと刺激の強さを探索する。

「あうっ、う——あああッ、い、イキそう」

独りの寂しさを自身で紛らわせていただけあって、指での愛撫は昇りつめやすかったらしい。それほど時間をかけることなく、若い肢体が歓喜に巻かれる。

「イヤイヤ、い、イクッ、イッちゃうぅ」

悦びの声を放ち、裸身がぎゅんとのけ反った。釣り上げられた魚みたいに、ピクピクと痙攣する。

「う、うう、くは——」

息の固まりを吐き出し、真菜は脱力してぐったりとなった。

「ふはっ、は、ハァ……」

深い呼吸を繰り返す彼女を抱き締め、こんな若い子を頂上に導けたことに、義成は成就感を味わった。それでいて、満足を遂げていないペニスを雄々しく脈打たせ、不満も募らせていたのである。

5

風呂からあがって歯を磨き、客間に移動して蒲団を敷き終えたところで、真菜がやって来る。義成が浴室を出たあとに髪も洗ったようで、頭にタオルを巻いていた。からだのほうも、裸身を隠すのは一枚のバスタオルのみ。下着すらつけていないようだ。どうせ脱ぐのだから不要だと考えたのか。

義成のほうも浴衣を着ているが、中には何も穿いていない。

「寝床はここでいいよね」

「はい、ありがとうございます」

ペコリと頭を下げてから、おねだりの眼差(まなざ)しを向けてくる。

「いっしょに寝ていただけるんですよね？」

もちろんそのつもりだったが、年上としてはがっついていると思われたくない。

「真菜ちゃんさえよければ」

と、判断を彼女に委ねた。

「いいに決まってるじゃないですか」

愛らしい笑顔に胸がはずむ。こんな可愛い子が家に来てくれたことが、奇跡のように思えた。

いや、実際に奇跡と言える。

彼女は地元の人間ではなく、東京から来たのである。しかも当てのない旅で、この町に来るなんて本人も意図していなかった。

加えて、義成が軽トラで出かけたから会えたのだ。

(もしかしたら、おれがすごく悩んでいたから、神様が天使を遣わしてくれたんじゃないだろうか)

などと、ファンタジーめいたことを考える。やはり自分はロマンチストなのかもしれない。

からだに巻いていたバスタオルを、真菜がはらりと落とす。肉づきのいい裸身があらわになり、義成は胸を高鳴らせた。

さっき、浴室で目にしたばかりなのである。だが、客間で目にするヌードは、それとは異なるエロティシズムがあった。

室内はヒーターで暖められ、だから彼女は裸でもかまわないと思ったのだろう。すでに見られたあとだから、恥ずかしさもなかったようである。

「じゃあ、ここに寝てください」

真菜に促され、義成はシーツの上に身を横たえた。仰向けの姿勢になると、

「脚を開いて」

一転、命令口調で言われ、素直に従う。

彼女は義成の脚のあいだに膝をついた。クリスマスプレゼントを開けるみたいにわくわくした顔つきで、浴衣の裾を大きく開く。

「わ、すごい」

女子大生の目が、丸く見開かれた。

義成は勃起していた。浴室で硬くなってから、ずっとそのままだったのだ。真菜から気持ちよくしてもらえることを期待して、萎えなかったのである。

「ひょっとして、わたしがさわるのを待ってたの？」

牡のシンボルそのものに問いかけたあと、彼女は返事を待つことなく、筋張った胴に指を回した。

「むふぅ」

軽く握られただけで、目のくらむ歓喜が体幹を貫く。義成は太い鼻息を吹きこぼし、腰を浮かせた。

「おっきい……大人のオチンチンって感じ」

瞳にわずかながら怯えの影が感じられるところを見ると、別れた彼氏のモノは控え目なサイズだったのか。それでも、握った手を怖ず怖ずとながら、上下に動かすのが健気(けなげ)である。

「ああ、ま、真菜ちゃん──」

快感が高まり、義成は喘いだ。その反応に、彼女はかなり気をよくした様子だった。

「気持ちいいですか?」

嬉しそうに白い歯をこぼし、手の動きをリズミカルにする。男を手で歓ばせることに慣れている様子だ。

「うん、すごくいいよ」

「みたいですね。オチンチン、カチカチに硬くなってますよ」

包皮を巧みに上下させ、亀頭に適度な摩擦を与える。おかげで、欲望の先汁が待ってましたとばかりにこぼれ、鈴口近辺を濡らしだした。

「あ、お汁がこんなに」

もう一方の手が、赤く腫れた頭部をなでなでする。透明な粘液を塗り広げ、くすぐったい快さを与えてくれた。

「気持ちいいよ。真菜ちゃん、上手だね」

褒めると、真菜が鼻筋に淫蕩な縦ジワをこしらえる。見た目はあどけなくても、もう立派に女なのだ。

「こんなのは序の口ですよ」

そう言って、今度はお口を使う。ふくらみきった頭部をすっぽりと咥え、チュッ、ちゅぱッと吸いたてた。

「おおお」

義成は首を反らし、腹を波打たせた。愛らしい女子大生の大胆な奉仕で、早くも危うくなりそうだった。

さっき、風呂につかりながら愛撫をし、彼女を頂上に導いている。だが、秘められたところを、まだ目で確認していなかった。

「ね、ねえ、真菜ちゃん」

頭をもたげて呼びかけると、牡の漲りを咥えたまま、丸い目がきょとんと見つめてくる。童顔と、禍々しい肉器官とのコントラストが、やけに卑猥だ。

「おれも真菜ちゃんのを舐めてあげるよ。いっしょに気持ちよくなろう」

シックスナインを求められたのはわかった様子ながら、真菜は迷うみたいに目を泳がせた。今日知り合ったばかりの男の前に、恥苑を晒すなんてはしたないと感じているのではないか。

それでも、悦びを求める気持ちには抗えなかったらしい。恥じらいに目許を染めつつも、のろのろと腰を浮かせた。フェラチオを続けたまま、からだの向きを一八〇度変え、男の胸を跨ぐ。

(おお)

まん丸のおしりを差し出され、義成は感動した。若さと瑞々(みずみず)しさに溢れるそれは、言葉どおりの桃尻。ジューシーで、思わずかぶりつきたくなる。

しかしながら、最も果汁が溢れていたのは、尻の谷底でほころんだ、赤く熟れたイチジクだった。

(これが真菜ちゃんの……)

色素のほとんど沈着していない肌が縦に裂け、赤みの強い粘膜が覗く。生々しくも、胸が揺さぶられるほどにいやらしい光景だ。

「ンぅ」

視線を感じて居たたまれなくなったか、彼女がヒップを左右に揺する。咎めるように、ペニスを強く吸った。

それは、早く舐めてとせがんでいるようにも感じられた。ならばと若尻を両手で摑み、強引に引き寄せる。

「むふぅーン」

もっちりしたお肉を顔面で受け止めるなり、真菜が抗うように呻く。すぼまった臀裂が鼻面を挟み込んだ。

入浴したばかりの陰部は、ボディソープの香りが強かった。その中にわずかな酸味と、乳くささが含まれている。短時間でしとどになった恥割れが、本来のかぐわしさを放っているのだ。

尻肉のもちもち感と、柔肌のなめらかさにも劣情を煽られ、義成は湿った裂け目を舌で探索した。

「んんッ、う——むふふぅ」

肉根を頰張ったまま、真菜が身をよじってよがる。指でもかなり感じていたが、舐められるのはそれ以上に快いようだ。

温かな蜜を舌に絡め取り、代わりに唾液を塗り込める。ピチャピチャと音が立つほどにねぶれば、彼女も負けじとお口の奉仕に挑む。頭を上下させ、すぼめた唇で筋張った肉胴をこすった。

「んふ、むふッ」

こぼれる鼻息が、陰嚢の縮れ毛をそよがせる。それにも無性にゾクゾクさせられた。

クンニリングスに集中することで、義成はいくらか余裕を取り戻した。敏感な肉芽を狙うと真菜の舌づかいが乱れ、次第にこちらのペースとなる。

尻の谷にもぐり込ませた鼻の頭で、アヌスも圧迫する。それも悩ましい愉悦をもたらしたか、腰がくねくねと暴れた。

「ふは――」

息が続かなくなったらしく、彼女はとうとうペニスを吐き出した。そそり立つものに両手でしがみつき、呼吸をはずませる。

(よし、今のうちに)

舌を高速で律動させると、「イヤイヤ」と切なげなよがり声が聞こえた。ラブジュースも多量に溢れ、絶頂が近い様子である。

ところが、義成が舌を深く侵入させようとすると、

「も、もうやめて」

真菜が泣きそうな声で訴える。どこか痛くしたのかと思えば、屹立が強く握られた。

「舐めるのはいいから、お、オチンチンちょうだい」

女の部分で、逞しいモノを受け入れたくなったのだとわかった。

早く結ばれたいのは、義成も一緒である。だが、もうちょっと魅惑のおしりと密着していたかったし、花園も味わいたかった。

しかし、彼女は少しも待ちきれないというふうに、セックスをおねだりする。

「お願い……この硬いオチンチン、挿れてください」

はしたない言葉遣いに憐憫を覚える。これ以上焦らしたら、愛らしい娘にいっそう卑猥なことを言わせることになろう。

義成は仕方なくヒップを解放した。真菜が息をはずませながら離れ、そのとき初めて、頭に巻いていたタオルがないことに気がつく。

邪魔になってはずしたのか、それとも激しいフェラチオで落ちてしまったのか。まだ湿っている髪をかき上げながら、彼女が牡腰に跨がる。

(え、真菜ちゃんが上になるのか?)

正常位で交わるつもりでいたから、義成は戸惑った。それだけ早くひとつになりたくなっているのか。

そそり立つものを逆手で握り、真菜がその真上に腰をおろす。肉槍の穂先に触れた恥苑が粘っこい蜜をこぼし、亀頭の丸みを伝った。すでに準備万端の趣である。

ところが、

「こんなおっきいオチンチン、入るかしら」

いよいよというときになって、彼女が不安を浮かべた。やはり元カレとはサイズが異なるようだ。

それでも、快感を求める気持ちが怯えを凌駕したらしい。切っ先を恥割れにこすりつけ、たっぷりと潤滑してから若腰を落とした。

「あっ、あん、入ってくる」

剛直が入口を圧(お)し広げる。抵抗があったのは最初だけで、亀頭の裾野が狭まりをぬるんと乗り越えたら、あとはスムーズに奥まで入り込んだ。

「ああーン」

真菜が悩ましげに喘ぎ、裸身をブルッと震わせた。

(ああ、キツい)

しとどになっていたから侵入は容易だったものの、若い膣は狭かった。秘茎にぴっちりとまといつき、キュウキュウと締めあげる。おかげで悦びも著しかった。

「あん、いっぱい」

完全に坐り込んだ真菜が、眉根を寄せて身をよじる。入口部分がキツくすぼまり、義成は「おお」と声をあげた。

「ま、真菜ちゃんの中、とっても気持ちいいよ」

荒ぶる呼吸の下から告げると、彼女が満更でもなさそうに口角を持ちあげた。

「じゃあ、もっとよくなってください」

女らしく色づいて間もない腰が動きだす。最初は前後に。蜜穴が馴染んでくると、回転が加わった。

「あ、あ……」

真菜が圧し殺したような喘ぎをこぼす。指や舌で愛撫されたときほど感じていない様子なのは、膣感覚がまだ発達していないためだろう。

それでも挿入をせがんだのは、もっと気持ちよくなりたいという本能的な求めに従ってなのか。

ちゅく……ちゅぷ。

結合部が淫らな水音をこぼす。豊潤なラブジュースのおかげで、内部が蕩(とろ)けてきたかに感じた。

「んしょ」

より深い繋がりを欲して、真菜が両膝を立てる。義成の脇に足をしっかりついて、ヒップを上げ下げした。

「あ、あ、あ、あん」

嬌声がはずみ、息づかいがせわしなくなる。挿入後は苦しげだった面差しも、淫らに緩んできた。

「オチンチン、おっきくてキモチいい」

などと卑猥なことを口走るほどに、性感が高まっているようだ。

タンタンタン……。

上下運動の振れ幅が大きくなり、腿の付け根にぶつかる若尻がリズムを鳴らす。そこに蜜壺が攪拌される粘っこい音が色を添えた。

丸いおっぱいも上下にたぷたぷとはずむ。桃色の乳頭が可憐で、じっと見ていると催眠術にでもかかりそうだ。

おかげで、蕩ける悦びに引き込まれる。

(うう、よすぎる)

ひと回り以上も年下の娘から、一方的に責められているのだ。義成は為す術もなく上昇した。

「そ、そんなに激しくしたら、イッちゃうよ」

根負けすると、真菜が満足げに白い歯をこぼした。休みなく腰を振りながら、

「いいですよ。イッてください」

あっさりと爆発を許可した。

「いや、でも……」

「あ、出そうになったら、ちゃんと言ってくださいね。黙って中に出すのはエチケット違反ですよ」

どうやら、膣内で射精させるつもりではなさそうだ。容姿に似合わず積極的で大胆ながら、そのあたりは慎重なようである。

「う、うん。わかった」

「わたしもキモチいいです。内村さんのオチンチン、中にぴったりって感じ」

挿れる前に怯えていたのが嘘のよう。いざ迎えてみたら、具合よくマッチしたらしい。

若さゆえ疲れを知らない腰づかいに、義成はとうとう限界を迎えた。

「ああ、あ、もういく。で、出るよ」

目のくらむ歓喜に巻かれて告げると、彼女が上からパッと飛び退いた。断末魔の脈打ちを示す牡根を握り、付着した淫液を用いてヌルヌルとこする。

「ああああ、出る。いく」

義成は腰をギクギクとはずませ、濃厚な体液を射出した。それはかなりの高さまで舞いあがったようである。

「キャッ、出た」

驚きの声を発しながらも、真菜は肉根の摩擦をやめなかった。最も感じやすいときに心地よい刺激を受けて、ザーメンが多量に飛び散る。

「くはッ、はっ、あふ――」

喘ぎの固まりが喉から溢れ、呼吸がうまくできなくなる。射精が終わったあとも、真菜がしつこくペニスをしごき続けたからだ。

「も、もういいよ」

息も絶え絶えに告げると、手の動きが止まる。代わりに、萎えかけたシンボルが再び可憐な唇に捕らえられた。

「むふふふぅ」

放精後の過敏になった粘膜をピチャピチャとねぶられ、目の奥に火花が散る。甘美な責め苦に、心臓が今にも壊れそうに高鳴った。

（……すごすぎる）

舌で清められた秘茎が、ようやく解放される。義成は深い倦怠にひたり、手足をのばして蒲団に沈み込んだ。

まだ大学生の女の子に、ここまで感じさせられるなんて。愉悦の余韻が動くことを億劫にさせ、彼女があちこちに飛んだ精液の後始末をしているとわかっても、彼は何も手助けができなかった。

「元気ですね」

真菜の声で我に返る。

(元気だって？　そんなわけないだろ)

胸の内で反論したとき、鈍い痛みを伴った快感が下半身に生じる。

「あううう」

たまらず呻き、頭をもたげた義成は、意外なものを目にした。

いたいけな指が、牡のシンボルを握っている。そこはピンとそそり立ち、逞しい脈打ちを示していたのだ。

「内村さんのオチンチン、ずっと元気なままなんですよ」

真菜が目を細めてからかう。

いや、一度は萎えかけたのだ。ところが、彼女がしつこくお口の愛撫を続けたため、復活したのである。

「ひょっとして、まだわたしとしたいんですか?」

思わせぶりな笑みを浮かべての問いかけは、明らかにその行為を誘っていた。

(ていうか、したいのは真菜ちゃんのほうだろ)

ゆるゆると屹立を刺激する手に、情感がこもっている。もう一度してほしいと、艶めいた眼差しがせがんでいた。

ならば、ここは期待に応えるのが男の務めだ。

「うん、したい」

答えてからだを起こす。真菜は嬉しそうに「よかった」とうなずいた。

交代して、彼女が蒲団に寝そべる。義成ははだけた浴衣を完全に脱ぐと、ぴちぴちした裸身に覆いかぶさった。

騎乗位の交わりで汗ばんだのか、若い肌が甘酸っぱいかぐわしさをたち昇らせる。

それを嗅ぐことで、射精疲れなど消し飛ぶようであった。

「真菜ちゃんがもうやめてって言うまで、いっぱいしてあげるよ」

顔を真上から覗き込んで告げると、愛らしい容貌がはにかむ。

「エッチ」

なじりつつ、猛るモノを握って自ら中心に導いた。

「挿れるよ」

「はい」

快楽への期待を浮かべた女子大生を、義成は深々と貫いた——。


翌日、目が覚めると、カーテンの向こうはすっかり明るくなっていた。

まだぼんやりする頭で考えた義成であったが、大切なことを思い出してハッとする。

(……何時かな?)

(あ、真菜ちゃん——)

とび起きて、室内を見回す。しかし、童顔の女子大生の姿はなかった。

昨夜は騎乗位で果てたあと、様々な体位で若いからだを責め苛んだのである。膣感覚が充分に発達してなかった彼女も、最後には気ぜわしいピストンをバックスタイルで浴びてよがり、軽いアクメに達したようだった。直後に義成も限界を迎え、艶やかな桃尻を二回目の発射で汚した。

そのあと、ふたりはシャワーを浴びて、素っ裸のまま抱き合って眠ったのである。

部屋の中には真菜ばかりか、彼女の服も荷物もない。ただひとつ、枕元に一枚の紙が残されていた。

それは置き手紙であった。

『昨日はありがとうございました。おかげで、いろいろと吹っ切れた気がします。もう旅を続ける必要はなさそうなので、東京に戻ります。お世話になりました。真菜』

簡潔でありながら、必要なことはすべて書かれている。それゆえ、もう会うことはないのだなという思いが、胸に迫ってきた。

「真菜ちゃん……」

つぶやいて、瑞々しい裸身や、昇りつめたときの甘い声を脳裏に蘇らせる。何気に紙を裏返すと、追加の一文があった。

『内村さんとのエッチ、とっても気持ちよかったです』

その文言に、彼女の悪戯（いたずら）っぽい微笑が重なる。義成も自然と頬を緩めた。

パタパタパタ……。

こちらに近づく足音が聞こえる。真菜がまだいたのかと、期待に胸をふくらませた義成であったが、

「義成君」

襖の外から呼びかけられ、大いに焦る。心海の声だったのだ。

（え、もう帰ってたのか）

昼前に帰ると言われたのを思い出す。濃厚に交わった疲れもあって、また寝坊したようである。

義成は急いで横になり、掛け布団でからだを隠した。素っ裸だったからだ。

その直後に、襖が開けられた。

「あら、起きたのね」

素っ気ない口振りで言われ、義成は目を指でこすった。たった今起きたというフリを装って。

「うん……」

返事をすると、彼女がじっと見つめてくる。ひょっとして、昨晩のことを何か悟ったのかと、平静を装いながら気が気ではなかった。

すると、心海が感心したふうにうなずく。

「お寝坊なのはアレだけど、けっこうできるひとだったのね」

「え？」

「お台所が綺麗になってたもの。それに、作っておいたの、全部食べてくれたのね」

台所の後片付けは真菜がしたのである。もちろん、そんなことは言えない。

「うん。心海さんが作る料理は、何でも美味しいから」

お世辞でもなく告げると、兄嫁が照れくさそうにほほ笑んだ。

「お昼、ラーメンでいい？　インスタントだけど」

「うん。何でもいいよ」

「それじゃ、起きて顔を洗いなさい」

心海が襖を閉めて去る。その足音は、どことなくはずんでいるように聞こえた。

第四章　約束の抱擁

1

結局、幸一の見舞いに行ったのは、明日は東京に帰るという日の午後だった。

「おお、元気そうだな」

病室に入るなり笑顔で言われ、いや、逆だよと、義成は苦笑した。それは見舞いをする側が、入院してる病人にかけるべき言葉だ。

もっとも、兄は病人とは信じられないぐらい、元気そうであった。痛めた腰をしっかり治すため、今は療養とリハビリをしているだけなのだから、それも当然か。

「腰はどうなの？」

訊ねると、彼はリクライニングされたベッドの上で、上半身を真っ直ぐに起こして見せた。

「かなりいいよ。痛みはないし、前よりも軽くなった気がするな」

「それって、体重が減ったからじゃないの?」

横から口を挟んだのは、心海である。彼女が運転する車で、ふたりは病院まで来たのだ。

「ああ、確かに。食事が制限されているから、腹回りがだいぶスリムになったよ」

そう言って笑った幸一が、あたりを窺うように声をひそめる。

「制限されているっていうより、不味いからたくさん食べられないんだけどな」

「そりゃ、病人食は味よりも、栄養やカロリーを重視してるから」

義成が言うと、彼は渋い顔を見せた。

「だけど、カレーに豆腐を入れるのは勘弁してもらいたいよ」

「え、そんなメニューがあるの?」

「年寄りには好評みたいだけどな」

入院患者のほとんどは高齢者だから、若い世代に好まれる料理は、まず期待できないようだ。

「食べられないなら、ダイエットになっていいじゃないか。健康管理もしてもらえるし、これで腰が完全によくなったら、またバリバリ働けるよ」

「問題はそこなんだよな。食べて寝るだけの楽な生活が身に染みついて、仕事に復帰できるかどうか心配なんだよ」

「ちょっと、幸一さん。そんなことじゃ困るんだけど」

心海が眉をひそめる。もっとも、目が笑っているから、本気で文句を言っているわけではない。夫が以前より健康になったのを、心から喜んでいるのだ。

「退院はいつなの？」

「来週かな。職場復帰は、家で二、三日様子を見てからになるけど」

「そっか。元気になってよかったよ」

「ああ。悪かったな。わざわざ来てもらって」

「どうせ休みだったたし、たまにはこっちに帰らないと、存在を忘れられるからね」

「でも、義成君はお兄さんが心配だったから帰省したのよね。お義父さんの一周忌にも来なかったくせに」

皮肉めいたことを口にした心海が、幸一に笑いかける。

「兄思いの弟がいて、幸一さんは幸せ者ね」

「うん。本当にそう思うよ」

兄の真っ直ぐな返答に、義成は居たたまれなさを募らせた。褒められるような弟ではないと、誰よりも自分自身がわかっている。

「義成は、明日東京に帰るんだよな」

「あ、うん」

「悪いな。見送れなくて」

「何を言ってるんだよ。こっちこそ、家のことや母さんのこと、全部兄貴に任せて申し訳ないと思ってるんだ」

「だけど、義成は東京に家族がいるんだろ」

幸一が朗らかに笑う。

「おれはこっちで家族を守るし、義成は東京で家族を守る。やっていることはどっちもいっしょさ」

優しい言葉が胸に染みる。そのくせ、心海が兄に触れたり、ふたりが親しみを込めたやりとりをするたびに、胸の中で嫉妬を燻(くすぶ)らせる義成であった。

病室を出たあとも、それから車に乗り込んでからも、義成はずっと無言であった。

そんな義弟が気になるのか、心海はハンドルを握りながらチラチラと視線をくれつつも、察するものがあってか何も言わなかった。

山小屋での出来事が、尾を引いていた部分は少なからずある。昨日も今日も、母親の前ではふたりとも自然に振る舞っていたつもりだったが、いくらかぎくしゃくしていたのは否めない。

おそらく、そんな気まずさを振り払いたくて、心海は一緒に病院へ行こうと誘ったのではないか。義成はためらったものの、関係がうまく修復できるのならと誘いを受け入れた。

病院への道中は、以前のように言葉が交わせるまでになったのである。ところが、幸一を見舞ったことで、またドロドロしたわだかまりが義成の胸に生じた。

家に帰ると、母親はいなかった。地元婦人会の会合があって、帰りは遅くなるか、もしかしたら友人宅に泊めてもらうかもしれないと、昼食のときに言われたのだ。

「お夕飯、どうする？　義成君は明日東京へ帰るんだし、食べたいものがあったら作るけど」

心海に訊ねられ、義成は顔をしかめた。車の中でずっと考え続けていたせいもあるのだろう。そんなことで誤魔化されたくないという気持ちが、破裂しそうにふくらんでいた。

「……どういうつもりなんだよ」

どす黒い声を絞り出すと、彼女が「え?」と眉をひそめた。

「おれは、ひとりで兄さんの見舞いに行くつもりだったんだ。なのに、どうしていっしょに行こうなんて言ったんだよ」

「……いけなかった?」

心海が口を尖らせる。なぜそんなことで文句を言われるのか、さっぱりわからないというふうに。

「目的は何だったのさ」

「目的って?」

「兄さんと仲のいいところをおれに見せつけて、諦めさせるつもりだったんじゃないの?」

「そんなこと――」

口を開きかけて言いよどむ。最初からそのつもりではなかったのかもしれないが、結果的にそうなったことに気がついたのではないか。

「残酷だよ、心海さんは。おれの気持ちを知っているくせに」

「じゃあ、どうすればよかったっていうの?」

苛立ちをあらわにした反論に、今度は義成が言葉を失う。

ふたりは台所へ移動した。心海がお茶を淹れ、義成は食卓に着く。言葉を交わさずとも自然にそうなったのは、お互いにきちんと話をしなくてはならないという気持ちになったからであろう。

もっとも、湯気の立つ湯飲みを前に向かい合ったふたりは、しばらくのあいだ黙りこくっていた。出方を窺うみたいに、時おり視線を相手に向けながら。

「……あのさ」

義成が口を開くと、心海が肩をビクッと震わせた。

「なに？」

「おれがどうして結婚したか、心海さんは知ってるの？」

「奥さん──佐枝子さんと出会ったからでしょ」

「彼女は職場の先輩で、入社したときから顔を合わせてたよ」

「……何が言いたいの？」

「おれが結婚したのは、心海さんが結婚したからさ」

それを知ったときのショックと落胆を、義成は訥々（とつとつ）と語った。悲しみがぶり返し、涙が溢れそうになるのを懸命に堪えて。

「あのとき慰められて、どうにか立ち直れたのは、佐枝子のおかげなんだ。それで好意を持ったのは確かだけど、心海さんが結婚したって聞かなければ、おれは佐枝子と結婚することはなかったよ」

秘めていたことをぶちまけても、心海は申し訳ないとは感じていない様子だった。むしろ、不愉快そうに問いかけてくる。

「じゃあ、わたしが結婚していなかったら、義成君はどうしたっていうの？」

「それは——もちろん心海さんを東京に呼んでたよ」

「つまり、プロポーズしたってこと？　そうしたら、わたしが喜んで承諾したなんて、どうして断言できるのよ」

義成は絶句した。そんなことは、これまで一度も考えなかったのだ。

「じゃ、じゃあ、心海さんは、そのときフリーであっても、おれとは絶対いっしょにならなかったってこと？」

泣きそうになるのを堪えて問うと、彼女は静かに首を横に振った。

「わからないわ」

「わからないって——」

「あの山の上で、義成君がわたしを東京に呼ぶって言ってくれたとき、とっても嬉しかったのは確かよ。だけど、いざそうされたらどうしたかなんて、わかるはずないじゃない。だって、もう十年以上も昔の話なのよ」

　過去を振り返って、あのときああしていたらと悔やむことは数え切れない。けれど、たとえ不本意なものであれ決断をしたからこそ、今の自分がいる。やり直すのは不可能なのだ。

　それに、たとえ心海が、プロポーズされたら一緒になったと今ここで言ってくれたところで、現実は変えようがない。

「だいたい、わたしを東京へ呼ぶって言ったのは、あれ一回きりだったのよ。あとで偶然会ったことがあったけど、そのときも待っていてほしいなんて、ひと言もいわなかったじゃない」

　その点を追及されると、義成は弱かった。

「いや……わかってくれてると思ったから」

　と、苦しい弁明をするので精一杯だった。

「それって勝手すぎない？　東京へ呼ぶっていうのは、わたしをお嫁さんにするってことよね。そんな一生の中でも重要な決断を、高校生のときの一度きりの約束だけで済ませるのって、かなり無茶な話だと思うけど」

「そ、そんなことはわかってるよ」

義成は自棄気味に認めた。

「だからおれは、今回、心海さんのことを兄貴の嫁さんとして見られるようになろうって、決心して帰ってきたんだ。これまでは、心海さんに会ったらどんな顔をすればいいのかわからなくて、あまり帰ってこられなかったけど、今度こそすっぱり諦めるつもりでいたんだよ。なのに……」

彼女の表情が強ばった。何を言われるのか察したようだ。

「心海さんがあそこまで——おれのをしごいて、最後までしてくれたから、おれのことを好きなのかもしれないって期待して、吹っ切ることができなくなったんだ」

心海が下唇を嚙む。表情に浮かんだのは悔しさではなく、後悔であった。

「……そのことは、謝らなくちゃいけないと思ってるわ」

「謝るって、どうしてだよ？　ていうか、おれが知りたいのは——」

「わかってるわ。あんなことをした理由でしょ」

彼女は気持ちを整理するように間を取った。それから、決意をあらわに面差しを引き締める。

「郷土研究部でいっしょに活動したときから、義成君は、わたしにとって大切なひとだったわ。でも、男としてじゃないの。あくまでも後輩だし、正直、弟みたいな存在だったのよ」

傷つけないようにと、言葉を選んでいるのではなかった。紛れもなく本心であることが、真剣な眼差しからわかった。

それゆえ、義成はずっと抱いていた大切なものが、崩れ落ちる気分を味わった。

「わたしが幸一さんと結婚することにしたのは、もちろん人柄に惹かれたからなんだけど、義成君のお兄さんだからっていうのもあるの。だって、最初にお見合いをしたとき、わたしは再婚するつもりなんてなかったんだもの。お世話になっているひとから是非にって勧められて、そのひとの顔を立てるつもりで幸一さんと会ったのよ」

心海が懐かしむように頬を緩める。穏やかな微笑は、かえって義成を苦しめた。自分のことを思い出しているわけではないからだ。

「それで、お互いのことを話す中で、義成君が幸一さんの弟だってわかったの。わたし、とっても嬉しかったのよ。だって、結婚したらわたしの弟になるわけじゃない。きっと楽しくなるって、わくわくしてたわ。そうしたら、義成君は全然帰ってこないし、当てがはずれてがっかりしたんだからね」

「帰れるはずないじゃないか」

呻くように告げると、彼女が「そうね」と相槌を打った。

「そのとき、義成君は結婚していたから、わたしのことをずっと想っていたなんて、考えもしなかったの。だから、また高校のときみたいに、ううん、それ以上に仲良くなれるんじゃないかって思ってたのよ」

心海はお茶をひと口飲むと、改まったふうに姿勢を正した。

「あの日、義成君が熱を出して、わたしはお世話できるのがうれしかったの。いくつになっても義成君は可愛い後輩で、大切な弟なんだもの。だから、アソコが大きくなったのを見たとき、あちこち拭いてあげたあとだったから、わたしが刺激したせいなのかな、だったら最後まで面倒を見なきゃって気にさせられたのよ」

「……それだけの理由で？」

「いけないことだって、もちろんわかってたわ。でも、義成君の寝顔を見たら、どんなことでもしてあげたいって気持ちになって、最後までしちゃったの。すごくドキドキしたし、アレがいっぱい飛んだのを見て、やり過ぎたかもって思ったけど、それだけ義成君が愛しくてたまらなかったのよ」

「だけど、あくまでも弟としてなんだろ？」

「ええ、そうよ」

即答され、義成は肩を落とした。恋心が粉砕され、悲しみよりも情けなさが募る。

（ようするに、おれがひとりで舞いあがっていたってことなんだな……）

まるっきり馬鹿じゃないかと己をなじり、ますます落ち込んだ。

「ねえ、わたし、どうすればいいの？」

問いかけに、義成は顔をあげた。潤んだ目が、縋るようにこちらを見つめている。

「わたしのせいで義成君が苦しんだのなら謝るし、償いもするわ。わたしは、義成君と仲良くしたいし、いい家族になりたいのよ」

切なる訴えに、義成は罪悪感を覚えた。心海だけが悪いのではない。むしろ、きっとわかってもらえるなんて甘い考えに縋っていた、自分に非があるのだ。

そうやって自らを責めたことで自棄になる。こんな愚か者は、彼女に愛される資格などない。徹底的に嫌われたほうがいいのだと、荒んだ心持ちになった。

「……だったら、続きをしてよ」

「え、続きって？」

「あの夜の――ていうか、雨宿りをした小屋でしたことの続きだよ」

心海の顔色が変わる。セックスを求められたとわかったのだ。

「一度心海さんを抱けば気が晴れて、これまでのことを吹っ切れると思うんだ」

こんなのはただの脅しだと、言ってから後悔する。しかし、その程度の男だったのかと見限られたほうが、いっそ諦めがつくはずだ。

そう思っていたのに、

「……わかったわ」

心海がうなずき、強い意志を秘めた眼差しで立ちあがる。義成は唖然として彼女を見あげた。

「義成君は部屋に行って、お蒲団を敷いて待っててちょうだい——」

2

言われたとおりに蒲団を敷き、義成はその脇に正座した。立っていたらうろうろと歩き回るばかりで、少しも落ち着かないのが目に見えていたからだ。

(……本気なのか、心海さん？)

自分が求めたくせに、今さらそんなことを思う。

彼女と親密になりたい気持ちは、もちろんある。だが、心が通い合っていないのに肉体を繋げることには、ためらわずにいられなかった。

とは言え、妻の佐枝子とだって、初めて結ばれたときには恋愛感情などなかった。今回の帰省中に関係を持ったすみれと真菜にしたところで、愛の言葉を囁くことなく、快楽のみを貪ったのだ。

だからこそ、心海とは同じことをしたくなかった。彼女は特別なのだから。

そのくせ、足音が聞こえると、期待の高まりで胸苦しさを覚えたのである。

襖を静かに開けて入ってきた心海は、浴衣を着ていた。ほのかに漂う石鹸の香りから、シャワーを浴びてきたのだとわかる。

「約束して」

掠れた声で言われ、義成は思わず背すじをのばした。

「義成君とこういうことをするのは、これっきりだから」

告げるなり、兄嫁が浴衣の帯を解く。前がはだけ、白い肌があらわになった。

彼女は中に、何も着けていなかった。浴衣も肌からすべり落ち、一糸まとわぬ姿が目の前に佇む。

手で包めそうな控え目なサイズながら、乳頭がツンを上を向いたかたちのよい乳房。細くくびれたウエストは、普段から節制している証なのか。それでいて腰回りはむっちりと張り出し、女らしく充実していた。色白の下腹にコントラストを際立たせる黒い恥毛が、やけに痛々しく映える。

（心海さん――）

さっきまでためらっていたくせに、魅惑のヌードを目にするなり、抗い難い欲求が胸を衝きあげる。愛しいひとを責め苛み、歓喜の声をあげさせたくなった。

「義成君も脱いで」

濡れた瞳で命じられ、義成は反射的に動いた。服を乱雑に脱ぎ捨て、下着も毟るように脱いで素っ裸になる。

その間に、心海は熟れた裸体をシーツに横たえていた。

「好きにしてもいいわ」

彼女が瞼を閉じる。言葉どおりに、身を任せるつもりのようだ。

義成は鼻息を荒くして、甘い香りをたち昇らせる女体にかぶさった。

「ああ」

柔肌のぬくみとなめらかさに、思わず感嘆の声をあげる。山の小屋で抱きすくめたときとは、胸に迫るものが異なっていた。なぜなら、互いに納得して、結ばれようとしているのだから。

桃色の唇がわずかに開き、ぬるい息をこぼしている。シャワーのあとで歯も磨いたのか、清涼なかぐわしさであった。

義成は少しも我慢できず、唇を重ねた。

「ん……」

心海がわずかに身じろぐ。唇が一瞬、キツく閉じられた。

けれど、すぐにほどけ、くちづけを受け入れてくれる。

(心海さん、心海さん――)

危ういほどに柔らかな唇を吸い、チロチロと舐める。それだけでは我慢できなくて、舌を差し入れた。

吐息と唾液を直に味わい、天にも昇る心地になる。舌で口内を探ると、彼女も自分のものを戯(たわむ)れさせせてくれた。

「ん……ンふ」

顔を傾け、小鼻をふくらませる兄嫁。手を義弟の背中に回し、優しく撫でる。

情愛のこもったスキンシップに、胸が熱くなる。義成は心海を抱き締めた。

(おれ、心海さんとキスしてる)

実感が感動を高め、身をくねらせずにいられない。

考えてみれば、すみれと真菜とはセックスをしても、くちづけはしなかったのだ。

やはり心海は特別なのだと、舌をいっそう深く絡める。

チュッ……ぴちゃ。

口許からこぼれる舐め音にも、幻惑されそうであった。

キスを続けたまま、からだをまさぐる。どこもかしこも柔らかでなめらか。こんな素敵な女性と抱き合えることに、劣情がうなぎ登りであった。

そのため、さわり方が乱暴になってしまったかもしれない。

「ぷはっ」

呼吸が苦しくなったか、心海が唇をほどく。ふうと息をつき、眉をひそめた。

「義成君、昂奮しすぎよ」

「あ――」

ようやく気がついて、手を止める。何をがっついているのかと、頬が熱くなった。

すると、彼女の手がふたりのあいだに割って入る。どこへ向かっているのか悟るなり、義成は狼狽した。

(え、どうして!?)

股間の分身が、まったく変化していなかったのだ。

「え？」

その部分を握って、心海も怪訝な表情を見せる。揉むようにされ、快さが広がったものの、ふくらむ兆しはなかった。

(何だってんだよ、肝腎なときに)

焦りが募ると、ますますその部分が萎縮するよう。やはり自分たちは、一生結ばれない運命にあるのか。

情けなさに顔を歪めると、心海がフッと優しい微笑を浮かべた。

「ね、ここに寝て」

「え?」

「早く」

促されるまま、交代して仰向けになる。心海が腰の横に正座し、秘茎を二本の指で摘まんだ。

「だいじょうぶよ」

その部分に語りかけ、顔を伏せる。温かな口内に、筒肉がすっぽりと迎え入れられた。

「くうう」

くすぐったい快さに、腰が浮きあがる。戯れる舌がピチャピチャと音を立て、分身が唾液の海に泳がされた。

(心海さんがおれのを――)

不浄の部分を舐められて罪悪感を覚える。彼女はシャワーを浴びたけれど、自分はどこも洗っていないことを思い出したのだ。

なのに、心海は少しも厭う様子を見せず、一心に牡器官をしゃぶる。申し訳なさも悦びに押し流され、義成は息をはずませた。

ここまでしてくれるのは、肝腎なときにエレクトしない義弟を不憫に思ったからか。いや、さっき見せた笑顔は、世話をしてあげられるのが嬉しくてたまらないというものだった。あたかも母性本能をくすぐられたみたいに。

(やっぱりおれは、心海さんにとって弟でしかないのか……)

やり切れなかったものの、献身的な口戯で海綿体に血液が集まる。さらに、

「あああっ」

ゾクッとする快美が背すじを駆け抜け、義成はのけ反った。しなやかな指が牡の急所を捉え、優しく揉み撫でたのである。

それにより、分身がむくむくと膨張した。

「んんっ?」

口内でふくらむものに、心海が目を白黒させる。それでも舌を動かし続け、敏感なくびれをねちっこく辿った。

おかげで、ペニスがピンとそそり立つ。しゃくり上げるように脈打ち、存在感を著しくした。

「大きくなったわ」

口をはずした兄嫁が、唾液に濡れたものをヌルヌルと摩擦する。悦びが高まり、屹立ががっちりと根を張った。

「うう、こ、心海さん」

「すごく硬い……元気なのね」

手にしたものに、心海がうっとりした眼差しを注ぐ。あの夜も、こんないやらしい顔を見せていたのだろうか。

と、彼女が悪戯っぽく頬を緩めた。

「義成君も、タマタマが感じやすいのね」

他にも陰嚢が弱点の男を知っているという口振りだ。

(それって、兄貴のことか?)

あるいは、最初の夫なのか。そして、ふたりのペニスも、同じように口や手で猛々しくさせたのだろうか。

余計なことを考えそうになり、義成は急いで打ち消した。他の男は関係ない。今この部屋には、自分と心海だけなのだ。

「それじゃ、挿れさせてあげるわ」

大胆なことを口にして、心海が義成の腰を跨ぐ。積極的になったのは、年下の男を可愛がってあげたい気持ちが高まったからであろう。

天井を向かされた剛直の真上に、秘められた園が近づく。逆三角形の恥叢は量が多く、女芯の佇まいを確認することができなかった。

挿入前に見せてほしいと、頼むことははばかられた。そんな我が儘を言うのならここでやめると、気が変わられては困る。

仕方ないと諦めたとき、熟れ腰がすっと下がった。

ぬるん――。

亀頭が女芯に呑み込まれる。いつの間に濡れていたのか、挿入はあっ気なかった。

「あふン」

心海が首を反らし、上体を震わせる。ヌメる蜜穴がすぼまり、うっとりする快美をもたらしてくれた。

（おれ、とうとう心海さんとしたんだ！）

感激で泣きたくなる。高校生のときから憧れ、ずっと想いを寄せていた女性と、ひとつになっているのだ。腿の付け根にのしかかるヒップの重みも、結ばれた実感を大きくしてくれた。

心海の中で、ペニスが雄々しく脈打つ。それをいさめるみたいに、内部がキュウッとすぼまった。

「本当に元気だわ、義成君の」

受け入れたものが、膣内で少しもじっとしていないのがわかるのだろう。悩ましげに眉根を寄せ、彼女がゆっくりと腰を回し出す。

「ああ、こ、心海さん」

義成は胸をふくらませ、極上の歓喜に酔った。

「気持ちいい？」

「うん。すごく……」

「もっとよくなって」

艶っぽく蕩けた面差しに誘われ、悦びがいっそう高まるよう。

「ん……あ――」

腰の動きを徐々に大きくしつつも、心海は声を抑えていた。感じているのは、内部がいやらしく蠕動しているからわかる。夫がいるのに、他の男と交わって乱れるわけにはいかないと、自制しているのに違いなかった。

このまま一方的に快感を与えられるだけでは、交わった意味がない。繋がったまま、義成は上半身を起こした。

「え？」

驚きを浮かべた心海を抱き締め、そのまま後ろに押し倒す。

「ちょ、ちょっと」

彼女が抗うのもかまわず正常位になると、漲りきった牡の槍で、愛するひとの中心を深々と抉った。

「あ、あっ、ダメぇ」

一転責められて、心海の声が色めく。長いストロークで分身を抜き挿しすると、頭を左右に振って切なさをあらわにした。

「そ、そんなに激しくしないで」

せがまれても、聞く耳を持たない。このひとときを忘れられないようにするため、義成は一心に腰を使った。

ぬちゅ……ぢゅぷ――。

攪拌される膣穴が、卑猥な音をこぼす。いくら感じまいと努めても、成熟した女体は高まる歓喜に抗えない様子だ。

「だ、ダメ……そんなにされたら、わたし――」

ハッハッと荒い息づかいをこぼす唇を、義成は自分のもので塞いだ。再び舌を深く絡め、分身もそれに負けず深々と突き挿れる。

「むふッ、むうう、ふはっ」

重ねた唇の隙間から、熱い息が吹きこぼれる。それがどちらのものなのか、義成にもはっきりしなかった。上半身でも下半身でも濃密に交わって、頭がボーッとなっていたのだ。

「ぷは――」

心海が頭を振ってくちづけから逃れ、「イヤイヤ」とすすり泣いてよがる。汗ばんだ裸身が濃密な女の匂いを放った。

「ね、そんなにしないで……へ、ヘンになりそう」

口では拒みながらも、潤んだ目はもっと激しくしてとせがんでいる。目は口ほどにものを言うということわざを信じ、義成は抽送（ちゅうそう）の速度をあげた。

「あああ、い、イヤ、イッちゃう」

迫り来る頂上に巻かれ、心海が二の腕に強くしがみつく。自らは上昇せぬよう歯を喰い縛り、リズムを崩さず熟れたからだを責め苛んでいると、

「イク、イクっ、ダメぇえええっ！」

アクメ声を張りあげて、兄嫁が愉悦の極みに舞いあがる。その最中も、義成はピストン運動をやめなかった。

「あ、ああ……あう、も、もうイッたのぉ」

脱力する間も与えられずにズンズンと突かれ、三分と経たずに二度目のオルガスムスが襲来する。

「イヤイヤ、ま、またイッちゃう」

三十六歳の裸身がビクビクと痙攣した。

飛沫が飛びそうにしとどになった蜜窟は、内部が煮込んだシチューみたいに蕩けていた。そこを休みなく掘られ続けて、心海はすすり泣いて身悶えた。

「ね、やめて、お願い」

懇願を無視して出し挿れされるペニスも、悦びにまみれて脈打ちを大きくする。だが、ここで果てるわけにはいかない。

「あ、あっ、また──」

汗ばんだボディがのけ反る。

「イクイク、も、死んじゃうぅ」

これっきりにしてと言われた最初で最後のセックスを、できれば永遠に続けたかった。しかし、彼女が三度目の高潮を迎えると、義成も引き込まれて危うくなった。

「こ、心海さん、おれ」

声を震わせて告げたことで、射精しそうなのだとわかったらしい。

「い、いいわ。いっしょに」

もう終わりという安心感からか、同時に果てることを許してくれた。

「心海さん、いくよ、いく」

「わ、わたしもイッちゃう。ううう、こ、こんなすごいの初めてぇ」

「あ──おおお、で、出る」

後頭部を殴られたのにも似た衝撃があり、頭の中に光が満ちる。目のくらむ歓喜に全神経を支配され、からだが浮きあがるのを覚えた。

びゅッ、びゅるんッ──。

熱い固まりが尿道を通過し、その度に強烈な快美が腰を砕く。腿の付け根が甘く痺れ、気怠さが全身に満ちた。

それでもなお、義成は腰を振り続けた。

「ふはっ——ハッ、はあ」

心海が深い息をこぼし、シーツの上に手足を投げ出す。重ねた肌はじっとりと湿り、快感の大きさを物語っていた。

けれど、まだ終わりではない。

(ああ、気持ちいい)

ザーメンをたっぷりと放った膣を、しつこく掻き回す。

快い刺激を受け続けることで、義成の分身は最大限の容積を維持していた。女子大生の真菜にしごかれ、ほとばしらせたあと、ねちっこいフェラチオで勃起をキープできたのと同じように。

「もう……」

胸を大きく上下させ、絶頂の余韻にひたっていた心海が、うるさそうに顔をしかめる。自分の中で何が行われているのか、まだわかっていない様子だ。

それでも、虚脱状態から立ち直ると、驚愕で目を瞠った。

「え、義成君?」

とても信じられないという顔を見せ、蜜穴をキュッキュッとすぼめる。脈打つ男根の存在を確認し、「あん、すごい」とつぶやいた。

「おれ、まだできるからね」

これからが本番だとばかりに、義成は振れ幅の大きな抽送を再開させた。

「もう、信じられない」

やんちゃな弟をなじるようなしかめ顔が、程なく淫らに蕩ける。ふたりの淫液でドロドロになった結合部が、快楽に溺れた交わりで、卑猥な粘つきをたてた。

「ああ、心海さんの中、すごく気持ちいい」

「よ、義成君って、いつもこんなに元気なの？」

「違うよ。心海さんとしてるからなんだ」

「バカ」

軽く睨んでから、慈しむ眼差しを浮かべる兄嫁。彼女にくちづけ、リズミカルに腰を振りながら、このときが永遠に続くことを義成は願った。

3

東京へ向かう電車が、ガタゴトと無情な音を響かせる。もう何度も乗っているが、ここまでやるせない気持ちで窓の外を眺めるのは、初めてだった。

（心海さん……）

愛しいひとの名を心の中で呼び、優しい笑顔を思い浮かべる。昨日はあれだけ近くにいたのに、今はどんどん離れるばかりだ。ふたりの距離も、それから心も。

昨日のセックスで、心海は数え切れないほど昇りつめ、最後はほとんど悶絶状態であった。途中、こんなの初めてと何度も口走ったから、彼女にとって最高の男になれたのは間違いなかった。

ここまで感じてくれたのなら、自分のものになってくれるのではないか。汗にまみれ、ぐったりと横たわる裸身を見守りながら、義成はふと思った。最後の交わりと言われたけれど、考え直してくれるのではないかと期待がこみ上げる。

ふたりでシャワーを浴びながら、義成は思い切って告白した。これで終わりなんて嫌だ、忘れるなんてできないと。一緒に東京へ行ってほしいとも言った。

するると、心海は悲しい目でかぶりを振った。

『じゃあ、佐枝子さんやこのみちゃんはどうなるの？』

義成は、何も言えなくなった。

『わたしが最初の夫を亡くしたのは知ってるでしょ？　別れの悲しさは、誰よりもわかっているつもりよ。だから、こんな気持ちを誰にもしてほしくないの』

涙をこぼした兄嫁に、それ以上の我が儘が押し通せるはずがなかった。

『義成君には、ちゃんと自分の場所があるでしょ。今日のことは胸にしまって、あした、そこへ帰りなさい。でも、たまにはこっちにも帰ってくるのよ』

泣き笑いの顔で言われ、義成はうなずいた。すると、『いい子ね』と姉さんぶった彼女が前に跪き、うな垂れていたペニスを口に含んだ。

慈しむようなフェラチオで、そこはたちまち硬くなる。心海が口をはずさなかったから、牡の精はそのまま放たれ、吐き出されることなく呑み込まれた。

『ほんとうに、これが最後よ』

彼女は白い粘液の付着した唇で、小さくなった秘茎にキスをした。

そして今日、心海は駅まで義成を送ってくれた。最後はこれまでと変わらぬ笑顔を見せ、

『元気でね』

と、明るく手を振った。

他にも乗降客がいたから涙を見せられず、義成は無言で頭を下げると、逃げるように改札を通った。そのあとチラッと振り返ると、彼女はまだ手を振っていた。

窓の景色が、次第に都会の色を濃くしてゆく。本当に、こっちが自分のいるべき場所なのだろうか。正直なところ、義成は納得したわけではなかった。

けれど、想いを遂げようとすれば、多くのひとを悲しませるであろう。誰よりも、心海が苦しむことになるのだ。だからするべきではないし、してはいけないのである。

それでも愛しさが消せるはずがない。義成は他の乗客に気づかれぬよう、涙を拭った。忘れがたきひとを、胸の内で抱き締めて。

電車が新宿駅に到着する。そこで中央線に乗り換えるのだ。

ひとで溢れる駅構内を歩いていたとき、前方を横切る見知った人物がいた。

（あ――）

思わず声をあげそうになる。かっちりしたリクルートスタイルの若い娘は、真菜であった。

ほんの数日前に会ったばかりなのに、妙に懐かしい。まさか広い東京で、再び顔を見るとは思わなかった。

追いかけて、声をかけようとしたものの、義成はすぐに思いとどまった。

胸を張り、颯爽と歩く彼女は、自分の進むべき道を見つけたのであろう。いたずらに再会を喜ぶのは、それを邪魔することであると悟ったのだ。

（おれは、おれの場所へ帰るべきなんだ）

心海に言われたことが、今になって胸にしみる。迷ってはいけない。義成は、中央線快速のホームへと急いだ。

最寄り駅に着いたのは、夕方近かった。いつも利用する駅舎を出て、我が家に向かおうとしたとき、

「パパ――」

聞き覚えのある声にドキッとする。振り返ると、娘のこのみがこちらへ駆け寄ってくるところだった。その後ろには、妻の佐枝子の姿もある。

「どうしたんだ、ふたりとも」

訊ねると、妻が照れた微笑を浮かべた。

「このみと夕飯の買い物に出て、パパがそろそろ着くかもしれないって、駅のほうに回ってみたのよ」

だいたいの帰る時間は、今朝のうちにメールしておいた。だが、何時の電車に乗るなんて細かいところは未定だったし、伝えていなかったのだ。

「ぜったいにパパが駅にいるって、このみにはわかったんだよ」

娘が得意げに胸を張る。一週間も不在にしたから寂しかったのか、義成のバッグを持ってないほうの手を握った。

「さ、みんなで帰ろ」

歌うように言って、反対の手は母親と繋ぐ。

親子三人、並んで歩き出す。こういうのは久しぶりな気がした。

(そうだよな……普段は仕事で、ふたりの相手をすることはないし、休みのときも面倒がって、家族サービスなんて二の次だったものな)

妻と娘に対して疎外感を覚えたのは、自分が彼女たちと距離を取っていたからではないのか。おそらく、叶うはずもない恋を引きずっていたために。

だけど、それはもう終わりだ。

「なあ、今度の休みに、三人で出かけないか」

提案すると、佐枝子が怪訝な面持ちを見せる。

「出かけるって、どこへ?」

「住宅展示場だよ。そろそろどんな家にするか、決めたほうがいいからさ」

これに、妻が意外だというふうに目を丸くした。これまでは、同じことを彼女が言っても、義成は億劫がってまた今度と先延ばしにしていたのだ。

「え、おうちを買うの？」

このみが子供らしく目を輝かせる。

「そうさ。みんなで住む家だから、みんなで決めないとね」

父親らしい力強い言葉に、佐枝子が笑顔を見せる。

「そうね。みんなで行きましょ」

「わーい。おうち、おうちぃ」

少女のはずんだ声が、夕刻の路地にこだました。

（了）

＊本作品はフィクションです。作品内に登場する人名、地名、団体名等は実在のものとは関係ありません。

長編小説
とろり兄嫁（あによめ）
橘真児（たちばなしんじ）
2019年10月14日　初版第一刷発行

ブックデザイン…………………… 橋元浩明（sowhat.Inc.）

発行人……………………………………………… 後藤明信
発行所…………………………………… 株式会社竹書房
〒102-0072　東京都千代田区飯田橋２－７－３
電話　03-3264-1576（代表）
03-3234-6301（編集）
http://www.takeshobo.co.jp
印刷・製本……………………………… 凸版印刷株式会社

ISBN978-4-8019-2029-3　C0193